中公文庫

俳句の五十年

高浜虚子

中央公論新社

序

中央公論社の好意で私の俳句生活五十年の事を話してみないかとのことであった。そこで思い出すに従って切れ切れの話をして、高田操さんに速記をして貰い、山本英吉氏に大体の順序を立てて貰ったものが本書である。話の重複しておるところも可なりあるが、それもそのままにして置いた。文章も話のままを筆記したのであるから体を成さないところがある。それもそのままにして置いた。

昭和十七年十月二十七日

ホトトギス発行所にて

高　浜　虚　子

俳句の五十年　目次

俳句の五十年

維新の松山

私の郷里は伊予の松山でありまして、維新の風雲に際会して起ったというような藩とは違いまして、寧ろ、維新の機運に取残されておったというような風でありました。その当時は極めて人心が萎靡して振わなかったものでありました。

私が智環小学校に入った時分、その小学校というのはまだ今のような体制を備えていなくて半年毎に進級するというような制度でありました。成績がいいと一つも二つも飛んで進級するというような、極めて不規則な制度でありました。が、その時分に既に私達の先輩には志を立てて、早くも東京に出てそれぞれに道を開いているような人もありました。

その一、二をいえば、秋山好古大将、秋山真之中将、山路一善中将、そういう人もあります。又、これは正岡子規の叔父さんになる人ですが、加藤恒忠という人、これは外交官であって、後にベルギーの公使になりました。そういう人もありました。そういう人々が、ようやく世の中に頭を出しかけていました。私は小学校を経て中学校に入ったのです。

その中学校というのは愛媛県中学校といっていたように記憶しております。その時分の県会は極めて乱暴なもので、経費節減の為にその中学校を廃止してしまいました。私が入ってから半年間ばかりで廃校になったので、止むを得ず遊んでおりました。地方の人々が心配して、今度は私立の中学校を、僅かの経費で経営するようになりまして私はそれによ うやく入る事が出来ました。それがつまり、今日の松山中学校の前身であって、その頃は伊予尋常中学校といっていました。

学生の気風

その時分には回覧雑誌をこしらえたり、演説会を開いたりすることは学生仲間の流行といってもいいのでありました。私も回覧雑誌を出しておりましたが、特にその頃文筆の傾向があったというわけでもありませんでした。又これは後の事でありますが、演説会を開くというような事も、その頃の学生の一部の流行でありました。私達も、夜になると一銭か二銭の会費を出し合ってお寺を借りて蠟燭を立てて、聴衆も余りない所で演説会を開いて子供のくせに天下国家を論じた事もありました。

今の尾崎咢堂が新栄座という芝居小屋で演説をやった事があって私もそれを聞きに行った事がありました。別に政治家になりたいとも考えなかったのですが、そういうものも聞き逃すまいとする熱意はありました。

その時分に、秋山真之、山路一善、これは両方とも江田島の兵学校に行っておりまして、その時分にはまだ兵学校の生徒であったと思います。それが郷里へ帰って参りまして、後に陸軍少将になりました小崎正満などと一緒に、松山同郷会というのを拵えまして、子弟の剛健な気風を養うということを目的にして、撃剣を奨励し、各種の運動競技も奨励しました。

今から考えてみますと、その時分の松山の青年の頭には、それまでは他藩の人、殊に薩州、長州の人のように、維新の時分に華々しく立働いた藩の人々が当路に濶歩していたため、松山藩の人々は萎靡沈滞していたのを、これではいかんと考えて、大いに為すところがあろうとしたものでありましょう。そういった気分が、青年達の頭に自然々々起って来ていたものと考えられるのであります。私達にしたところで、まだ何になろうという、しかとした考えはなかったのでありますが、何ものかになってみたいという考えはありました。

そういう事情であったものですから子供の癖に大に天下国家を論じたりしたものでありましたが、そのいうところは借り物であって纏まった考えがあったというのではありません。

「同窓学誌」と碧梧桐

明治二十一年私が十五歳の年に、回覧雑誌の「同窓学誌」というのを出しましたが、その「同窓学誌」が私と河東碧梧桐とを結ぶ仲立ちになったといっても良いと思います。私が主としてそれを編輯しておって、その清書を私が自分でやった場合が多かったのでありますが、ある時碧梧桐に頼んだことがありました。それより前に碧梧桐との交友はあったのでありますが、ただ同じ学校、同じクラスに籍を置いておったというだけのことであって、別に特別に深い交りがあったというのではありませんでした。碧梧桐は遅れてこの「同窓学誌」の会員になりました。ところが碧梧桐は字がうまいという事を、人がいったために、清書してくれないかという事を私が頼みました。碧梧桐は「僕は字はうまくない」といって辞退したのを「まあ、そういわずに書いてくれ」といって頼んだ事を覚えています。そんな事の為に碧梧桐との交遊はだんだん親密になって来たのであります。今申しましたように、主として私が編輯しておったという事は、やはりこういう事が好きであったということがいえるかもしれません。それから、その時分の私は、学校の課業に興味を持っておりまして、学校の方はよく勉強しておりました。私の学校生活は愉快なものでありました。そんな事の為に、片手間にこの雑誌の世話をしておったのかも知れません。

これは明治二十五年、中学校を卒業する年までやっておりました。

家庭の雰囲気

私の家庭は、武張った方の家庭でありまして、私の父は維新前若い時分撃剣の数仕合をしたり武者修行に出掛けたり、又一時藩の剣術監というようなものになったりしておりました。その後、世の中の事情が変化した為に、一切世事を捨てて、百姓などをして、一時田舎に行っていましたが、だんだん子供が成長するにつれて、いつまでも田舎に引込んでいるわけにもいかず又松山に帰って来たのであります。そうして家事のことは長兄に任せたきりでした。長兄は私より二十も年上でした。そして、父は自分の前半生の華々しかった時代の武に関した事は、余り口にもしませんでした。たゞ謡をうたったり、和歌を作ったりする事をしておりました。

私には、三人の兄がありましたが、その三人の兄も格別学問の方には深い素養があったともいえないし、ただ長兄が、ある漢学の塾に通った事がありました。私に、四書五経の素読を勧めた事がありまして、近所に居る兄の友達で、その漢学塾の先輩である、その人の所に習いに行った事がありました。小さい鞭で論語の一字一字を指して「子曰く……」と読んでいくことは、余り面白くなかった事を覚えております。これは九つか十の年の事であります。

碧梧桐のお父さんの静渓先生というのは松山で有名な漢学者の一人でありました。正岡子規もその薫陶を受けたそうであります。碧梧桐は私よりも既に家庭的にその雰囲気の中にあったわけであります。私は、そういうような有様とは、事情を異にしておりました。

文学への関心

私は、中学校の五年の時分から文の方に興味を持つようになりました。それまでは、何が好きだというような際立った傾向はなかったのです。撃剣もやったことがあり水練もやったことがありますが、父には全く似ず、すべて駄目でありました。ただ学校の成績は悪くありませんでした。自然書物の方が好きでありました。そうしてこの五年級の時分に、文学に興味を見出しはじめました。

当時、中央では坪内逍遥、山田美妙、尾崎紅葉、幸田露伴、森鷗外等の人々があらわれて来た時分でありまして、それ等の人の作物は地方の青年の心を唆るものがありました。が、そればかりでなく、中学校の教科書で西洋の文学の片鱗をも窺い知る事が出来たという事も、亦大きな刺戟でありました。

中学四年のときであったか、国民之友が初めて夏季附録を出して、露伴の「一口剣」、美妙斎の「胡蝶」、春迺屋の「細君」、鷗外の「舞姫」、思軒の「大東号航海日記」を載せたのを見ました。五年になった時分に早稲田文学の第一号が出て、引続いて柵草紙も松山の町に来ておって唯一冊あったのを私は買いました。

子規との文通

丁度その時分に碧梧桐が放課の時間に、何か書物を読んでいるのを見まして、近寄って何かと覗いてみると、それは「乙二七部集」という書物でありまして、それが元になって二人で俳句の話をしました。私は先にも申しましたように、父が歌を詠んでおりまして、父ばかりではなく母も詠んでおりました為に、その感化で歌は子供の時分から真似てみるくらいの事はあったのでありますが、俳句、その時分は発句といっておりましたが、その発句は十七文字という事を知っている位で、味わってみるという考えはなかったのでありました。が、だんだん話を進めて行くにつれて、正岡子規が東京の文科大学に籍を置いて、文学を研究し、殊に俳句を作っているという事を聞きまして、子規に交遊を求めてみたくなりました。それで、碧梧桐を介して、自分も文学が好きであるから教を乞いたいという様な事をいってやりました。そうすると日ならずして子規から手紙が来ました。その手紙は青年の心をひきつけるような手紙でありました。それから頻りに子規に文通しはじめました。子規はいつも私の手紙に対しててていねいな返事を呉れました。それは巻紙の事もありましたが、或時は半紙か罫紙を一綴にして切手を二枚以上貼ったほどの分量のものもありました。その手紙の端には発句を書いて寄越し、時には私達に批評を求めたりしました。私はその時分はまだこの発句なるものに重きを置くことが出来ませんでしたが、しかし、近松をもって日本唯一の文豪なりと早稲田文学より教えられていたのが、子規によって更により以上の文豪に西鶴なるもののある事を紹介されたのに啓発されました。

月並から出発した子規

自分でも発句を作って見る気になって四五句子規への手紙の中に認めてやりますと、丁寧にそれを直して批評をしてくれました。併しその時分の子規の句というのは、今からみるというと月並と称える範疇を脱しないものでした。だから私共の作る句は、もとよりつまらない句ではありましたが、子規が直してくれた句は、今日からみると月並の句になっているというようなこともありました。それは後になって子規も認めておりました。子規は、いわゆる月並俳句から入ったのでありまして、初めの間に作った句というものは、殆んど月並の句ばかりでありました。明治十八九年頃から作っていましたが、その頃の句は今日子規句集というようなものに残っている句であっても、殆んど取れる句はないといってもいいのであります。そういう所から入ったのでありまして、この月並臭を脱する迄に子規は余程苦心をしました。後年もよくいった事があるように寧ろ後進であった古白とか非風、飄亭、又は私達の刺戟を受けて、却って諸君の句に刺戟せられてだんだんと旧殻を破って、ようやく新しい所に漕ぎつけたのであるといっておりました。それが子規の偉い所であったと思います。

子規は俳句を作ることが何より楽しみのようでした。学校の試験の準備をする時でもそれが厭になると俳句を作ったり、又小説を書く時でも興が乗らず筆が渋る時は、その方は止めて俳句を作るという風でありました。

併《しか》し、それかといって俳句許りで満足しているものでもなかったようでした。「月の都」という小説にはかなり力を尽したものと思われます。子規はその小説を執筆中、筆の渋った時に例の如く俳句を作って私に送って来たことがありました。折節雪の日であったらしく、その下宿の庭の笹に雪が積っておるのを伐らせて、その笹の葉に雪の句を認めて送って来たりしたのでした。

そんな思い附きは子規の好むところでありました。

又子規は沢山の号を持っておりましたが、俳句に関しては主として子規の号を使っておりました。

私は子規に文通しはじめて間もなく、雅号をつけてくれるように頼んでやりました。

子規は「虚子」はどうだといって来ました。それは私の本名の清という字と虚という字とは殆んど同義ともいうべく、それに「きよし」を詰めていえば「きょし」になるというのでした。文字上の洒落でありましたが、それ以来今日まで使用しています。

子規の交友

その頃の子規は、まだ文壇に大して頭を出していたという風ではありませんでした。大学に通っておって、夏目漱石などとは親しい交りをしておったのであります。尾崎紅葉などとは同じクラスであったように聞いておりますが、紅葉は早く学校を止めたがために、交友は余りなかったように聞いております。子規は、余り学校の事を勉強する人ではなかったらしく、自分の好まない学課には、全然出席しなかったといっていました。ただその時分、非風、飄亭等同郷の人々と、雑筆類を集めた冊子を作ったり、それから大学の図書館で俳書を漁ったりするような事を熱心にやっておりました。

その時分であったか、もう少し後であったか、多分その時分であったと思いますが、新海非風（早く死にました）、五百木飄亭（死ぬる前近衛公が親しく病床を見舞った、後年に国士を以て遇された五百木良三）、勝田明庵（後に大蔵大臣等を歴任した勝田主計）、藤野古白（島村抱月なんかと一緒に早稲田の文科を出て、その後自殺をした）などと一緒に俳句を作っておりました。そんなような風で、まだ表立っては文壇に頭を出していなかった時分であります。

碧梧桐と「乙二七部集」

碧梧桐は、中学校の四年を済ますと一ぺん東京に来た事があります。それは、高等学校の入学試験を受けようと思ったので、その時分は中学の四年から高等学校の入学試験を受けられたので、ここらへんで受けてみようと思って東京に来たのですが、それは駄目でありました。それで又松山に帰って参りました。その為に、私より一年遅れて中学校を出ることになったのでありますが、前に申しました「乙二七部集」を見ておったというのは、東京に出て帰ってから後の事のように覚えております。自然私よりも十二年前から、子規との交りもあり、又その感化で俳句を作った事もあったのであります。

碧梧桐にも三人の兄さんがありましたが、その二番目の兄さんは、竹村という家の跡を継いで竹村黄塔といい、三番目の兄さんは河東可全といっておりました。その可全は、早くから東京に出ておった為に、子規の感化で俳句を作っておりました。その可全が国元へ帰った時分に、その可全の持っておった「乙二七部集」を碧梧桐が借りて読んでおったのであります。

正岡の家

私は明治七年に松山の、旧名では長町の新丁という所に生れました。今は港町の四丁目となっております。その生れた家は、子規の家と背中合せの家でありました。私は何もそういう事は知らなかったのであります。私が子規に文通し始めた時分に、兄達は、あの正岡の子供かという事をいっておりました。兄も、正岡子規がどういう人であるという事は、詳しく知らなかったらしいが、ただ正岡の家に男の子があるということだけは知っておりました。それが大きくなって、今大学に入っているのであるという事を聞いて、そうであったかというような調子で話をしておった事を聞いておりました。後に正岡の妹さんで、既に亡くなりました律子という人が居られましたが、それは七十二で亡くなられました。それが私の小さい時分に私を抱いておって、小便をかけられた事があるというような話をした事がありました。兎に角もとは背中合せの家に住んでいたのだが、八年許り離れ離れになっていたので、お互いに大きくなっていることを知らずにいたのであります。子規も私の事を詳しく知らなかったようでした。生れた年に私は松山の城下を離れて、風早の西の下《げ》という所に移住しましたから、子規の記憶にあるわけはないのでありました。三人の兄達の事はよく知っておりました。

ベース・ボールと子規

明治二十四年の夏に、子規は木曽旅行をしてから松山に帰って参りました。私が初めて子規に会ったのはその時でした。が、それより前に一度子規の顔を見た事があります。それは、その前年子規が帰省した時であったかと思うのです。まだ私は子規というものの存在を知らなかった時代で、私達がその時分に中学校で英語の教師のアメリカ人から、ベース・ボールというものを教わって、四、五人の仲間で松山城の北にある練兵場に行ってバッティングをやっておった時分に、東京から帰った学生が四、五人通りかかって私達のバッティングを見ておりました。その内の一人が私達に借用を申込んで、私達からそれを受取ったその人は、他の一人の人の前に持って行きました。その人の風采は他の人達と違って兵児帯を緩く巻帯にし、暑い夏であるに拘らず、なお手首をボタンでとめるようになっているシャツを着て、而も自らこの一団の中心人物であるらしく、その儘で軽くバッティングを始めました。他の人達は皆数十間あとずさりをしてそのボールを受取るのでありました。そのバッティングは素晴しく、今迄私達がやって居った距離よりも遥かに遠方に球が飛んで行きました。聰てそれ等の人々は練兵場を横切って道後の温泉の方へ行ってしまいました。それが子規であったことが後になってわかったのであります。子規は嘗て明治二十二年の五月に喀血した事があるので、それ以来は、夏の暑い時でもシャツは必ず着ておりました。喀血して以来子規《ほととぎす》が血を吐いて鳴くというところから、子規と号したのでありますが、その頃は比較的健康になっていたのであります。子規は、高等学校に居る時分に、ベース・ボールのチャムピオンであったという事であります。ベース・ボールを野球といったり、その他そういう訳語は子規がつけたのだという事を聞いております。

そのバッティングの話は私のはじめて子規と知って逢った前年か、前々年のことでありましょう。

初めて子規を訪う

扨て木曽路を経て松山に帰省したとき、私達は待設けていて子規を訪問して、いろいろ話を聞きました。その場所というのは、もとの私の家と背中合せの家であったというのとは違っておりまして、その後子規の家は二度ばかり転宅しまして、中ノ川と称える川に面した小さい家でありました。子規のお父さんは早く亡くなりまして、お母さんの手で育ったのでありますが、子規の家族はそのお母さんと妹さんとがあるばかりでありました。その狭い家にあって、お母さんはお針子を取っておられました。そんな事をして家を守って、一に子規の成業を待っておられたのであります。

初めて子規と話をした時の印象は、兄事すべき人だという心持がしたのでありますが、さて会ってみると、格別際立って教えを受けるというような事もなく、訪問する事もそう度々ではなかったように思います。

三津の生簀で子規と碧梧桐と三人で飯を食べたことがありました。その時子規は鉢の水に浮かせてあった興居島の桃のむいたのを摘み出しては食いました。果物好きの子規の面目はその時已に現われておりました。その帰りに「歩いて帰ろう」と子規が言い出して、わざと一里半の夜道を歩いて松山へ帰りましたがその途々連句を作りました。私と碧梧桐とは連句というものがどんなものかそれさえ知らなかったのを子規は一々教えながら作ったのであります。なんでも松山に帰り着くまでに表六句が出来たかと記憶します。二、三日経って子規はそれを訂正して清書したものを私達に見せました。もし今獺祭書屋即ち旧子規庵の文庫を探したらその草稿を見つけることが出来ることと思います。子規は如何なる場合にいい捨てた句でも必ずそれを書き留めて置く事を忘れないのでありました。

子規の帰省とその感化

私が中学校を卒業した明治二十五年にも子規は帰省しました。この時は新海非風と一緒でありました。非風は士官学校に入っておりましたが、喀血したので其処をよしまして、半ば捨鉢になっていました。喀血しながら海水浴をして泳いだりしておりました。船に乗って沖にこぎ出て、四十島という島に上った時分に盛んに血痰を吐きました。碧の潮水にその血痰の浮んでいるのが馬鹿に鮮やかであったことを覚えています。

一箇の西瓜を買って石手川へ涼みに行き、非風がそれを石崖に擲げつけて割って、その破片を皆で拾って食った事もありました。非風が加わると凡てが乱暴になって殺気を帯びていました。

これはその翌年に又帰省した時と覚えていますが、或日私が二階に寝転んで書類を引き出して乱読している所に、案内もなく子規が上って来た事があります。見ると袴をはいて風呂敷包みを脇に抱えております。子規が袴をはいているのは珍しいのでそのわけを聞きますと、喜安璡太郎から講演を頼まれたので今それをやって来たところだといいました。喜安璡太郎というのは長く鉄道次官をしていた喜安健次郎君の兄さんであって、その時分は英語の塾をやっておったかと思います。風呂敷包みから一つの書物を取り出して見せたのは、村上浪六の出世小説「三日月」でありました。「内容は俗なものだけれど、文章は引締っていてなかなか旨いところがある。内容からいったら露伴の方が遙かに高尚だが、文章はところどころ露伴よりも旨いと思われる処がある」と、それから一々その書物を開きながらこの文句がいい、この文句が力があるというようなことを説明した事がありました。

明治二十四、五年とつづけ様に帰省した子規の、私の仲間に及した感化といいますか、それ以来、可全、碧梧桐の兄弟、それから武市雪燈、これは後年代議士にもなった事がありますが、それ等の仲間で俳句会を催したことがありました。それを子規の許に送って、批評をして貰ったのであります。

が、子規に逢って見た時の感じを率直に申しますれば、何だかそれ迄抱いて居った私の空想とは一致しませんようでした。

子規の感化によって、俳句会の催しなどをしましたものの、この時分の私はまだ、俳句というものに重きを置くことが出来ませんでした。余り熱心になれなかったのであります。何かもっと大きなものに向って求める所がありました。何といって形は定められないのでありますが、ただもう少し大きな文芸というようなものに向っての欲望に燃えておりました。

漠然とした文学熱

私は、父母の年老いた時分に出来た子でありまして、三人の兄と私との間には大変年齢の差がありました。一番上の兄とは二十も違っておりました。したがって家庭にあっては、唯一人の子供といったような有様で、父母並びに三人の兄から、各々可愛がられ、殊に母なんかは私を熱愛しまして、大概なものはあぶないもの、恐いものという風に教え込みまして、総ての事に注意深くするように導きました。殊に八つの年までは人里遠い田舎に育ちましたので、世の中とは隔絶しておりました。したがって世間の波にもまれるというような事はなかったのでありました。そこで、世間のものは大概一応は恐ろしいものとして見るような風になりました。

そういう家庭に育って来たものですから、世の中というものは殆んど知らないのでありました。それで、中学校に行ってからも、一生懸命中学校の事を勉強すれば、それで自分も満足して居るし、又家族の者も満足しておりました。

もともとそういう家庭に育って、極く小心な、こわがり屋でありましたが、同時に空想的なところも多分にありました。それで、中学校を卒業する時分の考えは、何という極ったことはなかったが、何か文学上の大きな仕事がして見たいという空想に燃えていました。

兄事すべき人

俳句というものは、私は殆んど以前は知らなかったのであります。子規によって初めて俳句の存在を知ったといっても良いのであります。が、その俳句に子規が熱心であったという事は、どうも折角東京へ出て、大学まで行って、文学を専攻している子規としては、余りに小さいと思って、少々そのことには不満足を感じておりました。

しかしながら、一度逢って何処となく兄事すべき人であるという感じがしました。したがって子規が東京に居る間は手紙を出してよく文学上の質問をしたり、又夏休みには郷里に帰る事を望んでやったりしました。

子規は私等の為に特に帰ったというのではないかも知れませんが、しかしながら私等の要求に従って帰って来たようなところもありました。が、さて帰ってみるというと、別にこれという話もなく、又子規を訪問し続けているというような事もありませんでした。子規を訪ねる事も、比較的少なかったと記憶しております。

ある時子規を訪問した時分に、子規は何か俳書を散らかして仕事をしておりました。その時に、「去来抄」という書物があって、それは一寸面白いものだというので、それを借りて帰って写したことがありました。

その時分は、俳書というものは、最も乏しうございました。松山あたりには、殊に俳書は少なくって、活版の俳書というようなものは、其時分はまだありませんでした。唯極めて誤植の多い七部集が一冊ありました。私はそれを買いました。其他木版の古い俳書も学生の私には見つからなかったのです。それでその「去来抄」を写して愛読しました。

それからその時分に、子規は「美術世界」を一冊私に呉れました。それは、別に大したことでなくって、こんなものがあるからあげよう、といって呉れたわけであります。

明治二十五年に子規が帰省した時でありました。夏目漱石が何処かからの序に、一寸松山に来て子規の家に立寄った事がありました。その時、丁度私が行き合わしたことがありました。

また別の時、漱石の俳句を子規が自分で詩箋に書いておった事がありました。

漱石についての印象は、大してないのでありまして、ただ大学の制服を着て、キチンと坐っておった様子が朧気にあるばかりであって、その言行は更に記憶にないのであります。

第三高等中学校入学

その年の九月に、京都の第三高等中学校に入学しました。旅というものも初めてといっていいのでありました。母や兄の膝下を離れて、旅に出て、下宿生活をするようになったという事は、私にとっては大変な変化でありました。

殊に、新しい学校に入った為に、その心構え等に捉われておりまして、子規との文通というものも、其頃は余り繁くはしなかったように思います。

松山の尋常中学にいる時分は学校の課業は楽でありましたが、上の学校に入って見るというと、ツリゴノメトリーなどは英語で講義するので一寸困りました。それに諸国の俊才も集って来て居るように思われまして、一種の刺戟をそれ等の人から受けるという傾向もありました。私は灯火の下に教科書に親しんでおったように思います。

子規日本新聞に入る

ところが、その年の十月に、子規が大学をよしまして、もう一年か二年のところを中途で退学しまして、日本新聞へ入る事になりました。その日本新聞に入るというのは、前にいった叔父さんの加藤恒忠という人が、日本新聞社長の陸羯南と友達でありまして、その関係からであったろうと思います。

それで、日本新聞に入るようになった為に、多年郷里にあって、一人の男の子の成業を楽しみにして家を守っておられたおっ母さんと、一人の妹さん、この二人を東京に迎える為に神戸まで迎えに行った事がありました。

帰省の途次京都に遊ぶ

その時分に、途中京都に一泊しました。良い気候でありましたから、京都近郊の紅葉を観るという事も一つの目的であったのでありましょうが、又私が其地にいるということも理由の一つであったように思います。

それで、来ると、今でもありますが、麩屋町通りの、柊屋という宿に泊りまして、高雄の紅葉を観に行って、其の翌日、私の所に使を寄越しまして、暇ならば一寸遊びに来ないか、という事でした。

行って見ると、子規は、紅葉をハンケチか何かに敷いて、柊屋の上り口にあった砧の盤で、それを打っておりました。一人の女中が上りがまちに立ってそれを眺めて、何か二人で話しをしておりました。一寸小説の挿絵の恰好でした。そんな光景が、私の眼に残っております。その時の子規の服装は、小綺麗な背広を着ておったように思います。子規はそういう風に若い時分は一寸ハイカラなところもあったように思います。

子規は、紅葉が充分にハンケチにつかないので、それをよして、それから二人で嵐山に行きました。嵐山まで歩いて行った事を覚えております。

絶えず文学の話をしながら、たしか嵐山まで二里あるかと思いますが、その二里の道も遠いような感じがせずに行った事を覚えております。

それから、その時分に三軒家といって三軒同じような茶店がありましたが、今は三軒家が合併しまして三友館とか何とかいっておりますが、元は三軒ありまして、その中の一軒に休みまして、そこで御馳走を弁当に詰めて貰って、前の遊船に乗りまして、大堰川に浮んで、漕ぎ上ったり漕ぎ下ったりしながら、なお飽かず話しつづけました。何をあの時話したか、兎に角熱心に話しつづけたものだ、と子規も後日にいったことがあります。

要するに、子規はこの時初めて職業に就いて、自分の好きな仕事が出来るという事の為に、非常に快活になっておりました。

後年子規は、あの時は贅沢をした、あんな贅沢な遊びをした事は無いというような事をいった事があると思いますが、とにかく子規にとっては快適な遊びであったように思います。

子規庵を訪う

その年の冬休みに一寸帰省しまして、明けて明治二十六年になりまして、二十歳の年、この時、今の大学の名誉教授をしております加茂正雄が、自分の下宿が空いているからという話をしたので同居しました。

ところがその春休みに、私はひょっと思いつきまして、その休暇を利用して東京に行ってみる事にしました。東京に行ってからは、子規の家に逗留しました。

その時分に、伊藤松宇（此の人は八十余歳で尚健在です。今生きている人を呼棄てにするのは変ですが、一切敬称を省きます）に面会しました。それは、子規が私の為に俳句会を催して呉れまして、その席上で内藤鳴雪にもはじめて逢いました。又其前に、松宇という人が「俳諧」という雑誌を出しておった、其一号を子規から貰ったことがありましたが、其松宇に逢いました。又松宇を中心とする「椎の友」という会の会員である土居藪鶯、二宮素香、二宮孤松、それに姓は忘れたが、得中、猿男というような人にも逢いました（皆故人です）。

これもその席上ではなかったが、今尚健在な勝田明庵にも逢いました。後に大蔵大臣になりました勝田宰洲のことでありますが、此人は以前から知っておりまして、郷里の家の近所であった為に、子供の時分から、知っておりました。けれども、改めて、俳句を作る勝田明庵として会ったのは初めてでした。それは会ではなくほかで逢いました。その時分は、まだ大学生でありました。

「俳諧」

序に「俳諧」について一言しておきますが、「俳諧」という雑誌は、伊藤松宇という人が「椎の友」という会を作っていて其会で出した雑誌でありまして、それに子規が頼まれまして、俳句分類、後年刊行されました「俳句分類」という書物の一部分を其雑誌の附録として出しておりました。又子規の俳句も載っておったと思います。又子規が私等の俳句も載せたように思います。それは、僅かに二号で廃刊になったように覚えております。が、新しい俳句雑誌というものは之が初めであったかと思います。

子規が、京都に居る私の許に此「俳諧」を送って来まして、それで承知しておったのであります。

古白京都に立寄る

その、春季の休みが済んで私は京都に帰りました。

其年の七月になって、藤野古白という、子規の従兄弟で、東京の早稲田専門学校に学んでおった男で、島村抱月、後藤宙外等と同級でありました。その男が、郷里に帰る序に京都に寄りました。

この古白もやはり子規の仲間で俳句を作っておったのであります。それで、二人で連れ立って、ところどころ京都の名所なんかを歩いたり、又夏休みに二人同伴して帰省しました。

この古白という人は、其の作るところの句は、善悪ともに特徴がありました。後年遂に自殺したような人でありまして、どこか天才的なところがありました。

子規は古白の句を評して、月並の句が多いという事をいっておりましたが、それは正にそうであります。しかしながら、元来が詩人肌の人でありまして、その句を味わってみると、主観の勝った句で、特別な味があることは否めません。

それで、一緒に京都の名所を歩いた時分にも、余り多作はせず、だまって楽しそうに歩いておりました。

碧梧桐上洛して同宿

それからその年の九月に、夏休みで帰省しておりましたが、それが終りまして、再び京都の学校に行く時分に、一年遅れて居りました碧梧桐が、一緒に行くようになりました。夏休み前に、加茂正雄と同居しておったのを、都合で第三高等中学校の前の下宿に移っておりましたが、其所に碧梧桐と同宿する事になりました。

其時分吉田神社の前から丸太町に出る通りは今は京都大学の構内になっているそうでありますが、その時分は、今と違っておりまして大分北の方に寄っておりました。そこに、二本大きな松がありました。それは其通りのほとりの畑の中にありましたが、大学の構内になってからも暫く存在しておったらしいのです。今は枯れてなくなってしまったということです。

その二本の松のすぐ近くに、一軒の家がありまして、それは中川因順という坊さん上りの、還俗した人だと聞いておりましたが、主人は靴直しをしており、細君に下宿屋を経営さしておりました。それが丁度往来を隔てて元の第三高等中学校の門と向い合っておりました。

その時分は其辺は馬鹿に淋しい所でありました。家もぽつぽつあった許りでありまして、その下宿屋というのも、下宿屋に建てた家でなくって、百姓家を下宿にしたものでありました。下宿人も八畳の座敷に一人ポツンと居れば、又二階にも一人ポツンと居るといったような有様で、頗る落莫としたものでありました。

私が帰省する前、古白が訪ねて来たのもその下宿でありました。碧梧桐と私は、一年ばかり別れておった間は、ただ手紙で交友を続けており、俳句をやり取りしてお互いの消息を通じているに過ぎなかったのでありますが、その二人が今度は手を携えて上京する事になったのでありました。

碧梧桐との交際

碧梧桐と私とはそれ迄も親密な交際を続けておりました。たとえば私が、親爺や兄に習った下手な謡をうたっておったのでありますが、碧梧桐も直ちに一緒に謡を始めました。又碧梧桐はそれまでに漢詩を作っておりました。これは、親爺さんが漢学者であられた為に、自然そういう方向にも進んでおりました。そこで私も詩語粋金などを引っぱって漢詩を多少作りました。何でもお互いに、仕事を一緒にするといったような傾向でありました。

そこで一年間京都と松山とで離れておった時分も、頻々として手紙をくれる、又此方も手紙をやるといったようにしておりました。何もかもさらけ出して起居を報じ、消息を通じ合っていたのでありました。その碧梧桐と一緒に、今度は京都に来たのでありますから、元より二人は同宿する事になったのであります。

この、中川という家には、今大阪の栗本鐵工所をやっております栗本勇之助という男、それから亡くなりました竹末悌四郎、この二人とも同じクラスでありまして、大変よく出来る俊才でありました。この二人と私と三人が、初めは其下宿に同宿しておったのでありあます。碧梧桐が来てからは、日曜毎に草鞋脚絆をつけて、京都の近郊の名所を探って歩くというような事が多くなってきました。

たとえば、雪の大変降った揚句に俄かに思い立って、二人で雪の中を大原の寂光院を訪ねた事があります。という風に、それは必ずしも俳句を作るという、今日でいう吟行というようなものをする為でもなく、俳句も出来れば作るのでありますが、しかしながら、唯山野を跋渉して歩くことが愉快なのでありました。

それから、二人がその下宿に同居するようになってから、勝手にその下宿に名前をつけまして、他にも下宿人があるに拘らず、自分達のもののようにして虚桐庵といったりしました。それは虚子と碧梧桐の二字を取ったのでありました。又裏に二本の老松の大木がある為に、双松庵と名づけたりしました。其下宿屋が自分達のものであるという許りでなく、京都の山水もまた自分達のものであるという心持さえしておりました。

回覧雑誌の仲間

それより前に私は、同じクラスの中の、心易く交友している人々、たとえば林並木、これはその後四高の英語の教師を長く務めておりましたが、その林並木という男と、それから前の栗本勇之助、竹末悌四郎、それに虎石恵実、稲垣湛海、津下深、金光利平太、大谷繞石などという男と又回覧雑誌を作っておりました。

碧梧桐と一緒になってからは、碧梧桐をも仲間に加えてやっておったのでありました。その回覧雑誌には、文章や俳句を発表しておったように思います。したがって是等の諸君も、俳句というものには、自分が作らないまでも多少親しみを覚えておったようであります。

その中の大谷繞石という男は、松江中学の出身でありまして、これは小泉八雲、即ちラフカディオ・ハーンの弟子でありました。中学生の時分には、八雲の家に書生をしておった事があったのであります。それで、後に八雲に俳句というものを説明したのは、この繞石の力が多きにあったのでありました。

それから又、栗本勇之助は、その時分のことを記憶して居って、いつか逢った時分に昔話をしたことがありますし、又其頃の事が遠因になって、此頃は木人といって俳句を作っております。そんな風で、いずれも多少の感化で俳句というものに親しみを持つようになっていました。

俳友の来訪

前にいった新海非風が、其頃は大分元気になりまして、この時分又京都の私達を訪ねて来た事がありました。三人で嵐山に遊びまして俳句を作って帰りました。

それから又、内藤鳴雪も私達を京都へ訪ねてまいりました。

続いて又、五百木飄亭もやって来ました。飄亭は殊に沢山の俳句を私達に示しました。

これ等の人々が続いて来たという事は、応接に遑がなく、学業が怠り勝になる傾きがあり、そうして学校の事を勉強するよりも俳句を作る機会が多くなって来ることは免れませんでした。

そうでなくっても、この碧梧桐と二人が一緒の下宿に居るという事は、俳句に対する熱意を強める傾向が多かったのでありますが、更に非風が来、鳴雪が来、飄亭が来るというような風に、その時分の子規の仲間の主な人は、続いて京都にやって来たのでありました。

休学して上京

その冬休みに帰省しまして、翌明治二十七年の一月又上京したのでありましたが、暫時学校を休学して私はそのまま東上しました。そして鳴雪を監督とする常盤会の寄宿舎に入ったのでありました。暫く上野の図書館に通って文学の概略を歴史的に研究してみる事にしました。その時分は文学史というべきものは殆んどないといっても良いのでありました。先ず徳川時代から遡ろうと思って馬琴、京伝、三馬から蒟蒻本や赤表紙、黒表紙、黄表紙の類をあさって見たりしました。

子規は、自分の家がお母さんと妹さんとの三人きりでありましたので、家へ来ていても良いという事をいったので、常盤会寄宿舎から子規の家へ移り、しばらく寄寓しておりました。

子規「小日本」を編輯

子規はその頃、新聞「日本」の分身の「小日本」という新聞を主任でやる事になりました。これは「日本」は当時の政府に対して常に反対しておりましたから発行停止になる事が頗る多うございまして、ようやく停止の期日が明けて一日新聞を出すと、又すぐ発行停止になるという状態でありました。その停止の間読者に対する申訳の為に送る「小日本」という新聞が刊行せられたのでありました。

子規は前から日本新聞社に入社しておったのでありますが、その「小日本」が出来てから、それの編輯長とでもいつた地位におりまして、専らその方に力を尽す事になりました。私が子規の家に同居した時分にも、子規は昼頃までは俳句分類などをやっておりましたが、昼頃から出かけて行って、夜遅く帰ってくるといったような有様でありました。

又五百木飄亭は医者の免状を持っていたのですが、兵隊にとられて、其兵隊仲間の佐藤肋骨、仙田木同なども俳句仲間に引入れ、兵隊をすませてから松山へ帰省する序に、前にいったように京都に立寄ったのでありますが、それが又上京して医者にはならずに、「小日本」の三面記事を担当することになり、子規の片腕となって働いていました。これが原因で後年迄記者生活をし最後には「日本及日本人」の政教社を主幹しておりました。

その時分中村不折は画家として入社しました。それに佐藤紅緑、石井露月という二人も其社におりました。子規がそれ等の人に紹介したので屢々出会った事がありました。露月は「小日本」の校正係として入社し、紅緑は、日本新聞社長の陸羯南の書生をしておりまして「日本」の方に関係しておったのでありますが、此頃は「小日本」の方を手伝っておりました。

露月というのは医者志望であって、まだ医者の学校に通っておったのでありますが、苦学をしておりましたので「小日本」の校正に入って、学費を自ら稼ぐというような事をしておりました。

この二人は、自然に子規に親しみまして俳句を作るようになりました。それで子規の家や、鳴雪の家などで開かれる俳句会に列席して俳句を作る時は、熱心に句作をしていました。露月、紅緑の二人は斯くて子規の股肱の弟子として後年並び立つようになったのであります。

私は曽て子規が俳句にのみ重きを置いているように思って、もうすこし大きな文学に携わったらよかろうにと考えて、それをあきたらず思ったことがありましたが、親しく接して見ると、そういうわけではなく、むしろ文学とか他の職業とかいうような区別に重きを置かず、何でも自分の目の前に横って来た仕事には忠実に従事する、しかも何にでも子規色というべきものを出さねば置かない、というような抱負があるということを知ったのでありました。新聞に従事するにしても子規はかなりの抱負を持ってそれに当ったものと思います。

復校後第二高等中学校に転ず

京都の学校は休学の積りでありましたが、いつか退学になっているということを明らかにしました。どうでもいいと考えて放って置いたのですが、子規の勧告もあり、学校の方でも復校を許すとの事でありましたので、五月に子規の家を発ちまして、木曽路を徒歩旅行して、京都に帰って来たのでありました。

それから元の下宿の、虚桐庵、双松庵と称えておったその家に入りました。

第三高等中学校に復校するという事は出来たのですが、しかし京都に帰ってみると、その時恰も学制改革で第三高等中学校は廃止されて、生徒はみんな第一高等中学校を初めとして、諸国の高等中学校に分散してしまうという事になっておりました。

そこで私は、何処の高等中学校にやられるのかと思って聞いてみますと、鹿児島の造士館にやられる事になっておったらしいのです。碧梧桐なんかは仙台の第二高等中学校にやられる事になっておりました。

前に申しました無声会の会員であった大谷繞石なんかも第二に行く事になっておりました。私も第二に行く事にして貰いたいと思って、その事を学校に話すと承諾されて第二に行く事になりました。

それで、一旦帰省して、九月にいよいよ仙台に行く事になりました。丁度、日清戦争が始まっている時分で、どういうものだか、上野の今の西郷の銅像が立っている辺りにある、共同便所に入った時の事を想い出すのです。それは加茂正雄も仙台に行くので、二人で話しながら公園をぶらついておったのであります。書生であった私等の頭にも、日清戦争という大きな事が気になっておりまして、果して日本が勝つものかどうかという事も分らなかったのです。ただ、出る号外を観て一喜一憂しておったような有様でありましたが、その時分に、加茂と二人で戦争の話をしながら二人とも共同便所に入りました。その時に加茂が、「僕はこの戦争には日本が勝つものと信じている」と小便をしながらいった事がありました。その言葉がどうしたものか強く印象されて、今日なお記憶に残っております。

間もなく退学決行

さて私は仙台に行ったのでありますが、仙台の第二高等中学校は、今までの第三高等中学校とは何処となく校風を異にしていて、心持が落ちつかないものがありました。碧梧桐と二人で或風呂屋の二階を借りて、そこに下宿して机を並べていました。

それは素人下宿で、二人の外は誰も下宿人は居なかったのであります。純粋の仙台弁で話す家の人の言葉は、殆んど分らない位でありました。初めの間は用が弁じなくって困った位でありましたが、しかしそれにも慣れて来ました。静かに勉強しようと思えば勉強が出来ないこともなかったのであります。

京都から行った連中は、可成りな数に上っておりました。七、八十人であったかと思います。私の記憶の中にあるものは、前にいった加茂と、それに大谷繞石、坂本四方太、小田徳五郎、これはフランスの大使館の参事官まで務めた外交官でありましたが、早死しました。その男も一緒でありました。

後年子規が、碧梧桐と私が一緒に居るという事が、よくなかったという事をいった事がありますが、二人が机を並べて勉強していると、いつか話は文学上の事になってしまって、どうも学校の課業を地道にやっていくのが、もどかしいような気持になるのでありました。

実際これが、碧梧桐と一緒に居らずに、私も一人鹿児島の造士館にでも行っておったなら、そういう結果にはならなかったかも分らないのでありますし、又碧梧桐にとっても、碧梧桐が一人仙台に行っていたならば、そういう結果にはならなかったかも知れないのでありますが、とにかく二人が集るというと、妙なはめになってきて、つい又二人が相談をして退学してしまったのであります。

仙台に居ることが僅かに二ケ月位で、再び又碧梧桐と共に東京に出てきたのであります。それより前に、仙台に居る時分に、繞石と四方太の二人が下宿を訪ねてきて、僕等は改めて君達に入門するから、俳句を教えてくれないかという事をいって来ました。僕等が教えるというわけにはいかないが、子規に紹介してやろうといって、二人の句稿を子規に送りました。それが後年、繞石、四方太の二人を俳界に活躍せしめた原因となったのであります。

又、仙台に居る時分に久保天随、中目覚などという人とも、交友した事がありました。是等の人は、皆元から仙台に居た人でありました。

また、仙台の尚志会雑誌という校友会雑誌があったのに、文章や俳句を徴せられてそれに寄稿した事もありました。

また、私達がいよいよ退学を決行して東京に帰るという事が極った時分に、京都から転校した連中が皆で送別会を催してくれた事がありました。その時、一同は学校を私達がよして、これからどうしていくのだというような危惧の眼を以て見ておったようでありますが、しかしながら私達は、そういう事には無頓着で、すぐその足で松島を見物して東京に帰ったような次第でありました。

私達は強いて難路を選んだようなわけでありまして、それから社会に立つようになるまでは随分苦労もしなければならなかったのでありました。併し之は固より覚悟の前でありました。

どうもその場合は、止むを得ずそうするより外に道がないような心持がしたのでありました。

鳴雪及び「菜花集」

初めは、新海非風と同居しておって、それから別に本郷の下宿に碧梧桐と同居して、古白などと一緒に小説会を開いた事もありました。

それから、内藤鳴雪の存在というものが私達にとって忘れる事の出来ないことなのであります。鳴雪は、常盤会寄宿舎の監督をしておったのでありまして、常盤会寄宿舎は子規も入っておった所でありますが、その後私もしばらく居った事があります。鳴雪という人は、少しも監督者ぶらない人であって、学生の行動を監督している地位に居るのであるけれども、普通の学生達には、多少の訓戒を与えたり、苦言を呈したりする事もあるのではありましたが、私達に対しては、年はかなり違っておりましたが、俳句の友達という考えが土台になってか、少しも監督者らしいところは見せなかったのであります。

それに殆んど私等と同時に、子規の感化の下に俳句を作り始めたのでありまして、この時分は最も熱心に俳句を作って居りました。それで、私達を俳句の友達として、同輩扱いをしておりました。

碧梧桐などと一緒に菜花集と題した小説の回覧雑誌を作ったりもしました。その中にあ

「糊細工」と題したものを、子規が賞めて寄越した手紙がありますが、その「糊細工」というものがどういう小説であったかという事は、今は分らないのであります。菜花集というものは、誰かの手許に残っているかも知れませんが、恐らく散逸してしまったものであろうと思います。

「小日本」の廃刊

　ところがその年も暮れて、翌年（明治二十七年）になって子規が自ら編輯しておった「小日本」という新聞は廃刊になりました。そして又日本新聞社に復帰するようになり、中村不折も日本新聞社に入るようになり、佐藤紅緑も日本新聞に帰るというような風になって、子規にとっても、折角思い立って「小日本」に携わっておりましたのが、それが敢えなく止めてしまわなければならなくなったという事は、不愉快でもあり淋しい事であったに相違なかったのであります。

　それより前に、日本新聞では盛んに従軍記者を戦地に派遣しておりまして、それ等の記者は皆、漢文崩しの従軍記事を送って来て、日本新聞全体がそれ等の文章で埋められて華やかなものでありました。殆んど社員の主な者は皆従軍してしまいました。

　それから、子規を援けて「小日本」で最も活躍しておりました五百木飄亭は、以前兵籍に身を置いておったところから召集されまして、看護兵となりまして、これは実際戦線に立つようになりましたが、その看護兵でありながら、暇々に書く従軍日記は、同じく日本新聞に載って評判になりました。

子規従軍を志願

遂に二十八年の三月には、子規も亦記者として従軍する事になりました。この従軍記者になって行くという決心がついた時分に、碧梧桐と私の二人を伴って、目黒あたりを散歩した事があります。その帰りに子規は、一通の長い手紙というよりも寧ろ半紙を何十枚か綴じた、大きな草稿といっても良いのでありますが、それを、帰ってゆっくり読んで見ろといって私達に渡して途中から別れました。

帰って碧梧桐と二人で、下宿屋の机の上でそれを読んでみますと、それには従軍するに当っての決心が縷々として述べてありました。要するに、その理由は、はっきり子規自身にも分らないが、ただ何ものをかその従軍から得る事を冀って出かけるのであるという事が認めてあったと思います。ここにもまた、子規の、何物でもかまわない、其所に何物かをつかまえて、それに子規の抱負を託するという意気が見えておるように思います。

それから、その留守中の日本新聞社の仕事は、碧梧桐をして代行せしむる事になりました。碧梧桐と日本新聞との関係はこの時から始まったのでありました。

藤野古白の自殺

その年に前に申した藤野古白が自殺しました。其座右の文庫から遺書が発見されたが、それは謹厳な細字で認めた極めて冷静な哲学的のものでありました。

とにかく平生、自分は自殺しようかと思うということを口癖のようにいっていましたが、それは極めて平静な態度でいうものですし、又例の言葉が出た位に思って皆気にとめておりませんでした。その死ぬる前日であったかに、私と碧梧桐とを誘って、しるこ屋に行って歓談して別れました。其時も極めて落ついておって、翌日の自殺という事を予感する何の徴候もなかったのでありましたが、しかし訣別の意味で会ったのだろうと思います。

丁度、桜の盛りであって、大学の赤門を入ると、一面に花吹雪がしておりました。そこを通って、大学病院の病室に横っている古白を見舞いました。まだ呼吸はありましたが、人事不省であって、一昼夜ほど看護をしましたが、遂に空しくなりました。

この古白は、子規の従弟でありまして、従軍中に古白の死んだという事を聞いた子規は深い感動を受けたらしく、その後自分の大病をしてなお生き永らえている事と、健康な体を自ら殺した古白とを対照して、感慨を洩している事が度々ありました。

漱石との対面

その年、私は一寸帰省しまして、夏目漱石に会いました。以前子規の家で会った事があるのでありますが、其時分は碌に話もしなかったので、この時が初対面のようなものでありました。漱石が大学を出てから、高等師範の教師か何かをしておったのを、勧められるままに松山の中学校の教師となって赴任したのでありました。その松山に赴任して間もない頃でありました。

漱石と、どんな話をしたかという事は、記憶に残っておりません。

子規帰国の船中で喀血

その年の五月に、日清戦争は媾和が調いまして、子規は戦争も見ずに空しく帰ってくるようなはめになりましたが、その帰る船中で激しい喀血をし始めまして、九死に一生を得て、ようやく神戸病院に担ぎ込まれました。

私は丁度京都に行っておったので、日本新聞社からの電報で、子規の看護に行ってくれないかという事であったので、直ちに行って看護する事になりました。

碧梧桐も亦、子規のおっ母さんを連れて東京からやって参りました。二月ばかり看護をしておりました。

この、子規が激しい喀血をして、殆んど死線を彷徨するような状態であったという事は、子規の考えの上に多分の影響を与えたものと思います。

折角、何らかのものを得ようという考えから従軍したのでありましたが、それが殆んど何ものをも得ずに、空しく帰ったばかりか、それが為に命を縮めてしまった病気を得て帰ったという事は、その失望は大きかった事と思います。

しかし、幸に九死に一生を得て退院が出来た、その再生の喜びに浸りながら、しばらくの間、須磨の保養院という療養所がありましたが、これは今でもあると思います。療養所ではなくなっているかも知れませんが、とにかく昔のままの建物が残っているという事を聞いております。その、須磨の保養院という所に入りました。

その時は、碧梧桐や子規のおっ母さんも、もう東京に帰って居りまして、私一人がついて保養院まで参りました。

余命を俳句の道に

子規はそこに移ってから考え深い日を送ったことと思います。前にいったように、それ迄は必ずしも俳句というではなく、文芸というではなく、何物の上でもかまわないが、先ず文芸の上と手紙にはいってあったとも思いますが、その文芸の上にその志を行うことが出来るものにぶつかれば、それを遣ろうという、よく口癖のようにいっていた大望とか野心とかいうものが、所をきらわず事を選ばずその翼をのばそうとしていたかのように考えられました。殊に日清戦争という大きな出来事があり、国内の人心が湧き立っていた場合でもあり、子規もまだ二十九歳の血気の年でありましたから、親しく戦線を視察して何かをその中からつかまえようと、勇み立って行ったのでありましたが、往きがけの船中で已に媾和の声を耳にし、金州に空しく滞在して、鉄砲の音一つ聞かずに還送され、帰りの船中で大喀血をし、媾和の結果が三国干渉で遼東還附というような破目になり、子規はつくづく考えたことであろうと思います。

どんなことを考えたか、それははっきり分りかねますが、大喀血をして体を非常に弱め、余命は最早幾何もないということを自覚したに違いないのでありまして、同時に広く之を他に求むべきではなく、子規としては最も手近い、はじめから其一途に多くの力を費して来た俳句の道に、之から全力を尽して遣って行こう、とそういう考えに到達したであろうということは大体想像がつくのであります。

後継者の委嘱

私は三、四日其処に居たばかりで東京に帰ることになりましたが、子規と共に松原を散歩したり、二階の手すりにもたれつつ、雨の如く降る松の落葉を眺めながら、その三、四日を過したのでありました。

その時、子規がつくづくと私にいった事があります。それは今度の病気の為にとても自分は長くはやっていけない、自分の命は長くは続かない、どうも残念であるけれども仕方がない。それで、お前に話があるのであるが、どうか自分の志を受け継いでやって貰いたい、それは、他の何人に頼むよりもお前に頼む、どうか自分の後継者となってやっていって貰いたい、という事を述べました。

子規がいうには、自分の志を継いでやっていって貰えばいいのである。手近なことをいえば、俳句の事であるが、今までの自分の努力というものを空しくしないように、後をうけついでやっていって貰いたいという話でありました。

改まってそういう事をいわれた私の双肩には、非常に重い荷物が俄かにかぶさってきたような気持がして、多少の迷惑を感じないではないのでありましたが、しかし子規が改まっての委嘱でありまして、どうもその場合それを辞退する事が出来なかったのでありました。やれる事ならやってみようという事を返事しました。

その時、子規は病後の貧血の為に、猪口に二三杯の葡萄酒を用いておりましたが、自ら飲んだ葡萄酒の杯を私に渡しまして、自ら酌をしてくれました。

「養痾雑記」——「俳諧大要」

私が帰った後は、初めの間は手習いなどをして毎日の退屈を紛らしておったようでありました。そこの保養院に女中が居りましたが、その女中にも手習いを教えてやったというような事も、子規は話しておったように思います。

そんな事をして、しばらく保養している中に「養痾雑記」というものを書き始めまして、日本新聞に出しはじめました。初めの間は断片的なものでありまして、俳諧に対する小話というようなものであったように覚えておりますが、終いにそれは続いた記事になりまして、たしか後の「俳諧大要」という一冊の書物にまとめたものになった、その稿が掲載されるようになったと覚えております。

大病の前と後

長谷川二葉亭であったか、文学は自分の余技に過ぎない、自分の志は天下国家にあるようなことをいったと聞いていますが、其時分の人の頭には誰にでもそういう考えが多少ともあったのであります。子規もそういった考えが多分にあって、自分の志を行うことが出来ることならば、喜んで社会の何等かの仕事に携わろうという考えがあったことと思います。尤も後年或人が子規を評して、子規は政治家にでも何にでもなれる人だといった、其ことを聞いて、なろうと思えばなれぬこともあるまいが、そう容易く仕事を変えようとは思わぬといったことがありました。そういった容易く仕事を変えるというような軽薄なことは子規の好まなかったところでありますが、併し子規を遇するに道を以てし、天下に其志を為さしめようという先人が当時もしあったならば、子規は必ずしも俳句の道に専心でなかったかもしれないのであります。

それも大病前の話であります。其後は幸であったか、不幸であったか、病床にあって出来るだけの仕事をするより外に致し方がなかったのであります。それからは俳句復古、和歌革新、乃至は社会批評、人間教育というような方面のことに、唯一枝の筆の力をかりて奮闘をつづけたのでありました。

早稲田専門学校

それから私は東京に帰りまして、間もなく、死んだ藤野古白の寓でありました下戸塚村のある家に移りました。それはいくらか古白を忍ぶ心持もありましたが、又早稲田の専門学校に、坪内逍遥のシェークスピアの講義がある、それが大変面白いという事を聞いておりましたので、それを聞きたいと思って入学試験を受けまして、通学したのでありましたが、残念な事に丁度その学年から其講義がなくなってワーズ・ワースの詩の講義になっておりまして、それは大して興味をひくものではありませんでした。その級にはどんな人がおりましたか、それ等の人の名前も承知せないうちに行かなくなってしまったものですから覚えていません。

俳話の発表――「俳句入門」

十月から日本新聞に俳話を載せたり、又雑誌「日本人」に同じく俳話を執筆しました。子規の後継者云々の話からというではなく、自然の勢いが私を俳句の方面に導いて行った形でありました。

それ等の俳話は文学としての俳句を性質づけるべく志したものでありました。当時の俳句界には何等そういう方面の文章は発表されませんでした。其一部分は後に「俳句入門」という小冊子に纏めました。

子規の腰痛

子規は、松山に帰省してから、夏目漱石の寓居に同居しました。それを機会に柳原極堂を中心とする松風会という会が松山に出来まして、その会の人々が熱心に俳句を作りはじめました。二、三ケ月そこに居って、東京に帰って来たのでありますが、その帰る時分に奈良に立寄りました。

丁度奈良に寄った時分は、腰の痛みを覚えはじめまして、新橋の駅に私が迎えた時分には、顔色が頗る悪くて、少し跛をひいておったように覚えております。その時に、奈良に行った時分に腰の痛みを感じたという話をしておりました。これが後年の脊髄病となって、子規をさんざんに悩まし遂にはその為に亡くなったというわけであります。これというのも、兵隊同様、三等の船室に、僅かに身を容れるだけの苦しい位置を取って寝た、そんな事の為にその病気を惹き起したものかもしれんという事は、子規が後に話した事でありました。

子規の委嘱を辞退

その年の十二月でありましたが、子規が私に来てくれという手紙が来ましたので、行ってみますと、子規は私を伴って道灌山まで散歩に出かけました。散歩といっても、子規の腰の痛みは治らなかったので、杖に縋って歩いたのでありますが、その時分の道灌山というのは、桜の林がありまして、その桜というのも、冬でありましたから、全体枯木になって、僅かにそこに一軒の茶店がありましたので、その茶店に休んで茶を飲みながら、子規は又改まった調子で、私にその後の様子を訊くのでありました。

私は、格別これといって纏まった研究をするでも無く、又、纏まった読書をするでもなく、ぼんやり日を過しているという事を述べました。

子規は「それではいかんではないか」といってにがにがしい顔をしました。子規の身になってみると、自分の後継者と心に定めたものが、ぼんやりして日を暮している事は見るに忍びないことであったのでありましょう。殊に自分の死期が迫っているという事を自覚している子規にとっては、一日を空しく過すという事は、大変な怠慢のような感じがしていたのでありましょう。

一問一答をしているうちに、子規の方も多少激してくれば、私の方も激してくるといったような有様で、私は、子規の要求するようにはとても自分はなれないという事を断言するようになりました。

おそらく、子規も、それまで追いつめるつもりではなかったのでありましょうが、いきおいの赴くところ、遂にそんな破目になってしまいました。

私も、後継者というのは自分には重荷だと窃《ひそ》かに考えないではなかったのでありまして、曩きには辞退しかねて一応は承諾はしたものの、子規の委嘱に背くという事は大変苦痛ではありましたが、この際、その窮屈な縄を解いて貰いたいというような考えもないではなく、遂に保養院での委嘱を辞退する事にしました。辞退するといったところで、ただ後継者という名前を辞退したばかりでありまして、その実、子規の仕事を継承してやっていくという事の上には、異存はなかったのでありました。

此時は已に私も俳句の方面の仕事をやってゆく可く運命づけられていたといってもいいのでありました。ただ、際立った後継者というような看板だけを取って貰う方が、束縛されず、気楽で良いといったような考えがあったのであります。

子規も若し従軍し大喀血をするというような不幸な目に遭わなかったら、も少し健康人同様の生活を持続して行くことが出来たものと考えます。以前は、たとい数年前喀血したことが既にあったとはいえ、新聞人としても相当に活動することが出来た位でありましたが、此の大喀血後は終に腰痛を覚えはじめ四六時中病床の人となり、陰森な生活を送るようになりました。のみならず子規の飄亭に当てた手紙にもあるように、私が後継者を辞退してからは、誰をも頼まず、自分一人の力を頼み、殊に其命の短いことを思うと、一分間も無駄に使うことが惜しく、其勉強は今迄にも増して旺盛になって来ました。従って他のものが、ぶらぶらと日を暮しているのを見ると歯痒くて仕方がなく、其ものが親しいものであればある程、之を気に病み、其怠慢を責めました。

私は又極めて暢気でありまして、唯なるようになるのだという考えから、別に急ぐ気にはなれませんでした。子規は、私が余り暢気であるので、そんな風だと、自分が死んだ後、自分の墓に来て、首でもくくって死ぬるのが落ちであろうというようなことを、飄亭への手紙にいっていますが、真逆そんなでもなかったのであります。

尤もこれからさき、どんなことになって、子規の墓に行って首をくくるようになるか、それは分りません。

俳句を文学の水準に

子規は「俳諧大要」であったかに、俳句は文学であるということをいいましたが、当時の俳句界は月並宗匠の手に在りまして、極めて堕落していまして水準の低いものでありまして、文学というべき程のものではなかったのであります。子規はそれを古に戻し文学という水準に引上げたのでありました。

而も子規をして、他念なく、俳句のことに専心ならしめたのは、其大喀血が原因をなしていることは又争われません。

似寄った径路

子規は後年こういうことをいいました。俳句が立派になる時が来れば他の文芸も同様立派になる。丁度電灯が一つつけば他の電灯もつくと同じことであると。これは比喩であって、どういう意味かはっきり判らず、又どういう意味にもとれますが、併し子規の信念は如何なる事に携わるとも、それを立派なものにすれば、同時に他のものも立派になる、という考えであったのだろうと思います。俳句を立派にするということは、他のあらゆる文芸にも生命を与えることであり、同時に社会一般のことにも生命を与うることである、という信念であろうと思います。これは嘗て子規が、何でもかまわない、一旦或職業に携わったらそれによって自分の志を為そう、自分の色でそれを塗りつぶそう、という考えをもっておった（これは私の想像が多分に加わっておりますが）と相通うところの考えであると思います。

事の大小はありますが、これと似寄った径路を私も取ったのであります。はじめは俳句のような小さいものではどうも満足が出来ない。もう少し大きなものをやって見たい、とそんな考えを持っていまして、子規の俳句に携わっておるのを少し腑甲斐ない事のようにさえ思っていたのでありましたが、其考えは徐々に訂正されて来まして、殊に中途国民新聞社に入社して広く文芸上のことにも携わって見、又小説に手を染めて見たりしているうちに、遂に健康を損じて筆を投ずるに至り、又元に戻って、今度は一つの安心を持って、俳句に没頭して悔いないという信念を把持することが出来るようになりました。

「日本人」に俳話掲載

大分話が先走りしましたが、又明治二十九年に戻って陳べます。その時分、今の「日本及日本人」の前身に「日本人」という雑誌がありました。それは、三宅雪嶺を主幹としている雑誌でありまして、雪嶺の哲学的な風格が、自らその雑誌の色を為しておったのであります。しかしながら又、日本新聞の別動隊という傾きもありまして、当時の時事を評論する上では、時の政府の政策を論難する事が多く、日本新聞と共に当時の青年の血を湧かしたものでありました。

私は、何時かその雑誌に、俳話を載せるようになりました。それより前に、京都の三高に居ます時分に、三宅雪嶺が同志社に来まして、一場の講演をした事がありました。それは、後に「我観小景」という題で書物になった事を覚えておりますが、その講演があったのを聞きに参りました。その時分雪嶺の風貌に接しまして、爾来その文章には好んで眼を通すようにしておりました。

そんな関係もあったし、又日本新聞と関係が深かったというところから、自然に親しみも感ぜられた「日本人」誌上に、俳話を載せるようになったのでありました。

「日本新聞」の方も、子規が帰って参りまして、又元の通り其執筆になる俳話を載せました。殊に「俳諧大要」というような文章は、子規が須磨に居る時分から続けて発表しておったものでありますが、又「俳人蕪村」という纏まった文章が発表せられるというような事もありました。その他、俳句に関する種々の説話が、殆んど欠かさず発表されておったように思います。

「叙景詩」

二十九年の三月でしたかに私は「叙景詩」という文章を日本新聞紙上に載せたことがありました。これは誠に簡単な文章でありますけれども、俳句というのは抒情詩というよりも寧ろ、叙景詩という言葉を使った方が適当しているという事を書いたものでありまして、元来詩というものは、悉く抒情詩といってもいいのでありますが、その中で、事柄に重きを置いたものを叙事詩と唱え、感情に重きを置いたものを抒情詩と唱えるという事になっておりますからして、俳句の如きは叙事詩というのも当らないし、又抒情詩というのも当らないように思いまして、今までにない言葉でありましたけれども、叙景詩というのが最も其性質を明らかにしているものであろうと思ったのでありました。それは今日でも尚、その意見に変りはありません。唯、近来は叙景詩という言葉に代えるのに四季諷詠詩、若しくは花鳥諷詠詩という言葉を以てした位な違いがあるばかりであります。

「日本人」等に俳話を執筆する位の事をしておりまして、ぼんやり日を暮しております間に、私の一番の長兄が病気をしますし、又、老母が病気をする事がありましたので、その為に松山に帰りましてその看護に当りました。

その、松山に帰る度に、其頃松山の中学校の教師になって行っておりました夏目漱石に出会いまして、一緒に俳句を作る機会なども多うございました。

又その時分に、伊予農業銀行という銀行の頭取をしておりました村上霽月という、これも以前東京の高等学校に居りました時分に、内藤鳴雪と知り合いになり、家事の都合で中途で退学して松山に帰り、俳句を作ったり、又蕪村句集を早くから手に入れてそれを読んだりしていました。その男などと一緒に俳句を作る機会も多うございました。

「俳人蕪村」

子規は以前には、天明三傑集という書物を愛読しておりました。それは、蕪村、暁臺、蓼太、この三人の句を集めたものでありまして、天明時代の三傑として以上の三人を特に認めた書物でありました。後に「蕪村句集」というものが世の中にある事を知りました。これは前述の霽月より寧ろ後でありましたが、其蕪村句集を愛読して一層其句に尊敬を払うようになったのであります。その結果、「俳人蕪村」という論文が発表されるようになったのであります。

私等仲間の者も皆蕪村の句を愛読したものでありました。私なんかも、蕪村句集を写して、その時分は書物が乏しかったものですから、子規が持っている蕪村句集を借りてそれを写して、研究の材料にしたというようなわけでありました。

子規は、芭蕉の主観的な句の中には、随分後の月並というべきものの源を為している句があるというところから、月並句に反対して立った子規は、芭蕉の句よりも寧ろ蕪村の句の豪放磊落な客観的なものの方が、好ましく思われたのであります。

殊に、子規自身の句も亦前に申しました通り月並から入ったものでありまして、その時分の月並臭を脱しようと苦心した事は一通りではなかったものでありました。月並臭が一旦浸み込むというと、どうしても句がその調子になってくる。それを克服するのに努力した子規としては、蕪村の句に重きを置いたという事は当然な事と考えられます。蕪村の句にも、随分やりっ放しの句がない事はないのでありますけれども、しかしながら、月並臭というものは殆んどないといっていいのであります。芭蕉の方に深みがあるという事はこれ又争われない事実でありますけれども、また芭蕉の俳句には後の月並と唱えられるところの源流が相当にあるという事もみとめなければなりません。子規は、自分の月並臭を脱するというところから申しましても、亦一般の後進を導くという点から申しましても、蕪村調を鼓吹する事は、当時の俳句界では最も必要な事と考えまして「俳人蕪村」というような一文を公にしたものと思います。

「めざまし草」

私は「日本人」に俳話を書く外、「めざまし草」にも多少の関係を持つ事になりました。「めざまし草」というのは、森鷗外が日清戦争から帰りましてから始めた雑誌でありまして、日清戦争前は「しがらみ草紙」という雑誌を出しておりましたが、それは鷗外が戦争に従軍した為に止めました。そして新しく、「めざまし草」という雑誌を出したのでありました。

この「めざまし草」という雑誌は、幸田露伴、斎藤緑雨、それに鷗外、この三人が当時の文壇の批評を書いたものを一号の巻頭に載せました。これは役者評判記風の文章でありまして、表題も「三人冗語」というので、三人上戸をもじったものでありまして、当時の文壇をこきおろしました。

そういうものを巻頭に載せて、その外小金井喜美子という鷗外の妹、これはまだ健在でありますが、それに、三木竹二という鷗外の弟もありましたが、そういう人の文章も載っておったかと思います。とにかく、鷗外一族を主にした雑誌でありました。

その第一号に、私は「芭蕉七部集」について書いた小さい俳話を載せました。又毎号、私等仲間の俳句を載せました。

「めざまし草」は、その後長く続いておりました。日露戦争に至るまで続いておったように思います。二号以下は鷗外自身が主として書いておったように覚えております。

鷗外との関係

私と鷗外との関係というものがどうして出来たかということは、今日では確かな記憶がないのであります。

元来、国に居る時分に、「しがらみ草紙」などを愛読しておった関係から、鷗外という人はひそかに尊敬しておりました。はじめて団子坂の鷗外邸を訪ねた事を覚えておりますが、訪ねるに至ったのは、或は子規の紹介であったかも知れんと思うのであります。

子規と鷗外とは、戦地で知り合いになったという話が、此間何かの雑誌に出ていた柳田國男の談話の中にあったように思います。それが事実とすれば、子規と鷗外とが戦地で知り合いになって、その関係から子規に紹介して貰って鷗外を訪ねたのかも知れません。

その後、鷗外をしばしば訪問もしましたし、又鷗外の方で時々私を招んでくれた事もあったのであります。柳田國男とも、初めて鷗外の所で会ったように記憶しております。その時は何でも、加古鶴所という耳鼻咽喉科の医者、井上通泰という眼医者、外にもう一人眼医者がいたと思いますが、鷗外は「目が二つに鼻が一つ、顔の道具が揃ったわけだな。」といって笑ったことを覚えています。

その席上、まだ大学の帽子を被っておった一人の生面の人に紹介されましたが、それが柳田國男でありました。

私が鷗外をよく訪問した時分には、鷗外のお母さんが健在でありまして、専らそのお母さんが出て来られて斡旋せられたのでありました。そうして、小さな男のお子さんが出て来られた事がありましたが、それが今日の森於菟君であったと思います。

その時分は、その家庭は淋しい家庭であった事を、後に至って知りましたが、しかし私が行くというと、ごく家庭的に待遇せられるので、何の隔てもなく出入する事が出来ました。又鷗外の弟の森篤二郎という人、其人は三木竹二というペンネームだったのでありますが、その人とも鷗外の所で初めて会いました。

俳句で劇評

その三木竹二という人は、芝居が大変好きでありまして劇評を好んでしておった、それが後年「歌舞伎」という雑誌を出すようになって、その第一号が出る時分に、私を引張り出して浅草の芝居小屋に連れて行って、初めて伊井蓉峰、河合武雄等の芝居を観て、その劇評を書けという話でありました。私は、劇評を書く知識はなかったのでありますが、時事評のように、俳句を作って批評に代えました。それが面白いという事で、第一号にそれを載せたのでありました。

その後、よく芝居に案内されて、歌舞伎座の團十郎、菊五郎の芝居にも屢々案内されたのでありました。其「歌舞伎」という雑誌は、この間歿くなった安田善次郎がまだ部屋住みの時分にそれに関係しておりまして、其安田善次郎の外、永井素岳、幸堂得知、広津柳浪等とも其席上でよく逢いました。又後のことでありましたが、小山内薫の妹であった岡田八千代がまだ娘の時分に其「歌舞伎」の席で同席した事もありました。

「うた日記」の選句

序に鷗外について、これはずっと後の話でありますが、日露戦争に又鷗外が従軍しまして「めざまし草」は廃刊になったのでありましたが、その日露戦争も終末を告げて、鷗外が凱旋して来た時分でありました。戦地で作った歌と俳句があるのだが、俳句の方は自分には判らないから、これを選んで貰いたいという事でありました。私は家へ持って帰って選ぶ事にしようというと、それでは又容易にしてくれなくて遅くなるという心配があるから、是非家へ来て選んでくれという話であったので、私はある日出かけて行ってその選をした事がありました。それが「うた日記」となって出版されました。

忘れもしないが、その選を了えて宿俥に乗って帰ってくる時分に、それは雪の降ったあがりでありましたが、団子坂から靖国神社横の家に帰ろうと、とぼとぼと小石川の砲兵工廠の前にかかった時分に、どういうものだか、後ろから驀進して来た電車が追突をして、地上に真逆様に落ちた事がありました。俥は無論砕けてしまいました。私は幸いレールの外に落ちたので、頭を少し負傷したばかりで大した怪我はありませんでした。全く命拾いをしました。詰まらん話ですが、鷗外の「うた日記」のことが出るといつでも其事を思い出します。

露伴と私

露伴の「風流仏」は、子規が推奨したので私も読みました。しかし私は「風流仏」よりも寧ろ「対髑髏」という小説の方が好きでありました。これ等の小説は、松山に居る時分であったか、京都に行ってからであったかに、共に愛読した小説でありました。

子規が露伴を訪ねたという消息をも耳にしました。それより前に私は、露伴に手紙を出した事がありました。何を書いたか知りませんが、今日でもあるように、田舎の青年が、都会に名を成している文学者を懐しんで、ただわけも無く一書を呈したものと思います。

露伴はそれについて返書もくれませんでしたが、子規が訪ねた時分に、私の手紙の事を話して、その中にある「巡礼の笠に願ある桜かな」とかいう句が面白いといって賞めておったという事を、子規からいって来た事がありました。

その後、東京に来てから一度露伴を訪問した事がありました。それは、露伴が向島に住んでいる時分であったと思います。淡島寒月という人がありましたが、その寒月の話などをしたように覚えております。それから後も、露伴の作品は愛読しておりましたが、訪ねた事は其時一度きりでありました。

ただある席上で偶然一緒になった事がありました。その時に露伴は、私が「鶏頭」という書物を拵えた時分でありましたが、それが話の中に出て来まして「鶏頭」の中では、「大内旅宿」というのがいいという事をいった事がありました。私の作品などは勿論読まないだろうと思っていた露伴から、そういう批評を聞いた時は嬉しうございました。

その後は、氏が文化勲章を貰った時分に、お祝いの会があって、其時久しぶりに会った位で打絶えて御無沙汰をしています。

漱石と宮島に

同二十九年の十月に、私は又偶々松山に居りまして、母の病気の介抱をしておったと思いますが、夏目漱石が松山の中学校から熊本の第五高等学校に転任する事になりまして赴任する時に、私にも一緒に宮島へ行ってみないかという事でありまして、同行しまして、丁度紅葉の良い時でありましたので、宮島の紅葉を一見して別れた事がありました。

国民俳壇の選句

その年の十二月に、国民新聞の俳句の選を依頼されまして、国民俳壇なるものが新しく設けられまして、其選をする事になりました。

当時の子規の下に集って俳句を作る人、主にそれは青年でありました。そういう人々は日本新聞のみに集っておったのでありましたが、国民俳壇が出来るようになってから、又国民新聞にも沢山の青年が集ってくるようになりました。この国民俳壇は可成り長く続きました。

「新俳句」

「新俳句」と唱える句集が出来たのは、この二十九年であったかと思います。それは、日本新聞に載った句を上原三川という人などが編輯したものを、子規が校閲して出した書物でありました。それが、私等仲間の句集が初めて世の中に公にされたものであります。

私は初めの頃は、子規が俳句に携わる事を何となく物足らなく思っていました。もう少し大きなことに努力したならばと、子規を惜しむような心持すらあったのでありましたが、此「新俳句」の序には、小さい形の俳句というものを作るのを小詩人といってしまえない、ということを書いておるのであります。此時分に已にいくらかそういう考えが出て来たことと思います。

弁解嫌い

この二十九年であったかと思いますが、徳富蘇峰が時の桂内閣を支持しておって、勅任参事官というものになった事がありました。その時分に各新聞は口を揃えて蘇峰を攻撃した事がありました。その蘇峰はそれ等の攻撃には少しも応えずに、唯黙々として行動したのでありました。私はその一言の弁解もしないで、ただ黙々として行動をするというその態度を好ましく思いました。そうして最後に国民新聞社の社員を集めて一場の講演をした事がありました。私もその社員の中に交って聞いておったのでありますが、その講演の中に、私も随分攻撃せられました、その新聞の攻撃記事を切抜いたもので紙屑籠に一杯になりました、今度それを屑屋に売払ったら、僅かに何銭かの値しかありませんでした、という事を申しました。私はその比喩が面白かったので今も尚忘れずに居ります。

後年私が俳句界に立って随分攻撃の的になった事もあります。今も尚私の悪口をいうのを商売にしている人もあります。私も弁解をする事は嫌いであって、黙って今日まで来ているのであります。それは、蘇峰の古智にならったというわけではありませんが、弁解嫌いという点が似ている為に、自ら軌を一にしたものであろうと思います。私の悪口の切抜は別にとって置きませんが、もし取っておいたならば、蘇峰の時の紙屑より、私のは大分長い間でありますから、随分分量は多いことと思います。

「ホトトギス」の創刊

子規が病気保養の為に松山に帰っている時分、松風会という俳句の会が出来て、皆熱心に子規の指導を受けたという事を前に話しましたが、その会員の一人である柳原極堂が、明治三十年の一月に「ホトトギス」という雑誌を松山で発行する事になりました。

それは、子規の名前を取って名づけたものでありまして、主として子規の俳句を鼓吹し、紹介する雑誌でありました。極堂はもと子規の友人でありまして、その時分は松山の新聞を経営しておりましたが、その新聞社の職工の片手間に組ませたり、又印刷させたりしてその雑誌を発行したのでありました。

主として子規が執筆した文章とか、子規の選になる俳句とかいうようなものが掲載されたのでありますけれども、なおその他に、内藤鳴雪初め仲間の者の選句をも載せて、又飄亭その他の者の文章をも掲載したりしました。文章といってもそれは大概、俳句に関する俳話様のものでありました。僅かに菊判で四十頁足らずのものでありましたから、大したものを載せる余地はなかったのでありますけれども「俳人蕪村」といって子規が日本新聞紙上に載せておったものを転載したり、又、碧梧桐、虚子、鳴雪、飄亭の四人を「日本人」誌上で詳しく評論した子規の文章がありましたが、それを転載したりしまして誌面を賑わしておりました。

私や碧梧桐は、俳話を書いたり、募集句の選をしたり、又東京の俳句界の景況を報じたりする事をしておりました。とにかく私等仲間の俳句というものが、一つの雑誌の上に纏まって掲載せられ報道せられるようになったのは、この「ホトトギス」が初めでありました。

それからもう一つ、蕪村の句集の輪講を始めたのは、この「ホトトギス」が出来たという事が動機になったように思います。それは、大分号数を重ねてから後の事でありますが、何か雑誌に連載する材料を得たいという考えから、この蕪村句集の輪講を始めたものであったように思います。

湖南の新婚旅行

明治三十年の初めに、香川香庵、又怪庵ともいった、「日本人」の記者であった男と一緒に、新年に鎌倉へ参りました。私が後年其土地に居を移して今日まで三十年余り住まっている鎌倉という土地に、初めて足を入れたのでありました。

それは、大晦日の晩から立って来たのでありますが、偶然、やはり「日本人」の関係者でありました内藤湖南、それは後に京都大学の教授になりました。漢文の素養が深くて又国文学にも造詣のあった内藤湖南が、新婚旅行をしているのに偶然車中で会いまして、その晩、八幡前の角正という宿屋に泊って、朝起きてみると、やはり湖南新夫婦もこの宿に泊っている事を発見して、俳句を作って揶揄してやると、湖南は歌を作って答えてくるというような事がありました。此湖南とは後に萬朝報社で机を並べたことがありました。

その時分の鎌倉は、今の鎌倉とは違って、淋しい町でありました。その八幡前の段葛を隔てて建っている家などは、藁葺家が多くって、それに町の左右には畠が沢山にありました。そして家は飛び飛びにあるといったような、全く村といってもいい感じのところでありました。それに、年末年始の客も少なくって、その時角正に泊った者も、私達と湖南夫婦位より外に、格別客は居なかったように思います。

乱調の俳句と碧梧桐

その年の二月に、母が病気が重いという事を聞きまして郷里に帰りまして、七十日ばかりその介抱をしておった事がありましたが、介抱をし乍らも「日本人」「国民新聞」に文章・俳句を載せておりました。

それからその当時、私の作る句が十七字、五七五調を破ったものが多うございまして、それを当時乱調とも呼んでおりましたが、碧梧桐がその乱調の句を評した一文を松山の「ホトトギス」誌上に載せた事がありました。碧梧桐はこれを新調と唱えまして、「新調は、虚子がこれを創め、子規がこれを公にしている」という事を申しました。「新調は軽蔑すべきものではなく、初航海の一歩を乗り出した船のようなものであって、今後、どういう所に投錨するかを見ようと思う」という事をいって居ります。又「新調は字数を問わず、調子を整えず、言葉多く奇妙であって、その句体が特殊な事が、先ず人の胆を奪う」という事をいっております。

併しながら私は、それ等の句を作る事は、俳句を進歩発達さす所以ではなくって却って俳句を破壊する所以であるとすぐ反省して、其後はなるべく正しい十七字調に戻るようにしました。後年碧梧桐が新傾向を唱えて、五七五調、季題を破壊し、今日の自由律とか内在律とかいうものの魁をした、其ことと併せ考えると面白いと思います。

下宿営業の経験

この、松山で母の病気を介抱している時分に、兄が三人あったのですが、その三番目の兄が不遇であって、東京に出て何か新しい仕事を探してみたいという考えを持っておりましたので、母の病気も大分よくなったので、その兄と前後して東京に戻りました。

それからいろいろやってみましたが、どうも思わしい仕事がなくって、遂に南佐久間町に下宿屋が売物に出た事を聞きまして、その下宿営業を受け継いでやってみる事になりました。

嫂はまだ国許に置いてありましたので、私がしばらくその兄の仕事を助ける事になりました。兄も私も不慣れな事でありまして、随分滑稽なことも沢山あり、苦しい事も相当に経験しました。兄が国許へ嫂を迎えに行っている留守中に女中に逃げられてしまって、私が客にたべさせる朝御飯を炊き、味噌汁を作り、岡持ちをさげて豆腐を買いに行き、手が鳴れば客の部屋に顔を出すというような事までもした事がありました。其時下宿人の一人であった天文学の平山清次博士と此間も逢いまして笑いました。

兄が家族を連れて来てからは私はもう手伝わなくてもいいことになり、日暮里の子規の宅の近所にささやかな間借りをして、そこに家庭をつくることになりました。

「文庫」「反省雑誌」

明治三十年頃、青年相手の雑誌に「文庫」というのが出て居りましたが、その「文庫」でも俳句を募集する事になりまして、その選を引受けました。その選んだ句に、短評を附する事をいたしましたが、これが俳句に批評を加える初めであったかと思います。その後この「文庫」の選句を内藤鳴雪に譲りまして、鳴雪もまた短評を試みていました。その鳴雪の短評は短評そのものが軽妙でありましたので、世間の評判になりました。私の遣っておる時分の投句家の中に、孤雲という人がありまして、私は特にその句の勝れているのを認めておりましたが、それが後の松瀬青々であったのであります。

又、「反省雑誌」という雑誌が出ておりました。これは今日の「中央公論」の前身でありまして、もともと本願寺から出資しまして出しておった雑誌でありました。それで、本願寺からその財政を監督する人に、麻田駒之助がおりました。この麻田駒之助は、後に長く「中央公論」の社長であった人でありまして、今日の俳人麻田椎花であります。

その「反省雑誌」にも俳句の選をしておったかと思います。その「反省雑誌」には、その翌年の三十一年の正月号に頼まれまして、幼稚なものではありましたけれども、一つのお伽小説めいたものを書きました。(註「初夢」)

前に申しました蕪村の輪講を始めたのが、三十一年の一月からでありまして、初めは、子規、鳴雪、碧梧桐、それに私の四人が輪講したものでありましたが、後には多少外の人も加えるようになりました。

萬朝報入社

その年に私は「万朝報」社に入社する事になりました。これは岡田嶺雲の紹介でありました。嶺雲はそれまでに萬朝の紙上に論文などを書いておりまして、その社員であったのでありますが、その社員を罷める時分に、代りに私を紹介したのでありました。

私は嶺雲のように、政治上の論文を書く事などはしようとは思わなかったのでありまして、ただ、俳句で時事評をしたりする位の事をしておりました。又傍ら一週間に一度、新聞で小説の募集をしておりましたが、時にその選をしたりする事をしておりました。

社長は黒岩涙香でありまして、編輯長は小林天龍でありました。社員には、幸徳秋水、松居松葉、斎藤緑雨、山縣五十雄などがおりました。

その時分、萬朝は京橋の三十間堀にありまして、畳の敷いてあるその二階の一間に、寺子屋のような机を向い合わせに並べて、社員がその前に坐って原稿を認めておるのでありました。

その年の二月に、神田の五軒町に転居しました。それは、極めて小さい家ではありましたけれども、二軒の棟続きになっているその一軒でありまして、今までは間借り住いでありましたのが、それからはようやく一軒の家を借りてそこに住むようになりました。

三月には、長女の真砂子が生れました。そのお産の費用を得るために、今まで「日本人」その他に書きました小さい俳話を纏めまして、「俳句入門」と題して、「文庫」を出しておる内外出版協会から出版しました。原稿料二十円を得て、非常な満足を覚えました。それは好評であって、しまいには百版以上になったかと思います。序に、この真砂子は後に三輪田女学校を出まして、真下喜太郎に嫁しました。

「ホトトギス」を主幹

母の病気が又悪くなったので、妻子を連れて松山に帰りまして、永らく介抱しておりました。少し快くなったので、八月の末に東京に帰りました。

神田の錦町に居を卜しました。それはもと博奕打ちの家であったので、二階の真中にぼん茣蓙を置くところが出来ていたり、又手が入った時分に逃げるように仕掛けがしてありました。これより前帰郷しまして母の介抱をしている時分に、私は雑誌を発行しようかと考えつきまして、子規にその事を相談してやったのでありました。子規は、とにかく面談しなければ充分に意を尽さないから上京を待つという事を返事して来ました。そこで、帰って相談した結果、以前に極堂が松山で出しました「ホトトギス」が、維持が困難であるとかないとかいうことを聞いておったとかいうことで、なまじその「ホトトギス」を引受けて東京で出してはどうかという話になりました。私は「ホトトギス」という名は思わしくないから、別の名前にしてはどうかという事をいって、二三候補の名前を呈出したのでしたが、子規は承知しませんでした。そこで遂に、極堂から貰い受けて、東京で第二巻の一号を発行する事になり、その年の十月に発行する運びになりました。それが、今日まで続いている「ホトトギス」の、厳密にいえば私に取っての第一号であったといっていいのであります。その発行所としてこの博奕打ちの家を借りたのでありました。

道灌山の事があってから後も、子規と私との交遊は別に変ったところがあるというのではありませんでしたが、しかしながら俳句会のある時分に行くとか、又たまに話に行く位のもので、余り深い交渉はなかったのでありますが、この「ホトトギス」を、東京で出すようになってから、子規との関係は前にも増して深いものとなって来ました。何かにつけて子規の家に出かけて相談をするとか、又子規も病をつとめて私の所へやってくるとかいう風になって参りました。

「浅草寺のくさぐさ」

その第二巻一号には、子規はもとより沢山の文章や俳句を載せまして、非常に勉強をしてくれたのでありましたが、又私が「浅草寺のくさぐさ」という文章を書いたのを、子規が大いに推奨したりしまして、互いに励し合い、頼み合って遣ったのでありました。

その後、私等仲間の書く文書を、写生文と称えて文壇に多少重きを為すようになりましたが、その写生文の濫觴は、この「浅草寺のくさぐさ」などにあったかと思います。尤も文体はまだ文語体の脈を引いておりましたが、後の写生文のように口語体にはなっていませんでした、しかしながら、眼に見た事を忠実に書くという点は、第一歩を踏み出したものといってよかろうと思います。また、手帖と鉛筆を携えて浅草へ出かけて、その手帖に写生して帰ったものを文章にしたという実際の歩調からいっても、写生文といって良いものでありました。又「文章を写生しに行く」という事は、この「浅草寺のくさぐさ」から起った言葉でありました。

母の病死

十一月に、母が歿しました。父は、私の十八歳の時に歿したのでありますが、母はそれから七年生きておりまして、遂にこの時になって亡くなったのでありました。この母の病気は、度々帰って介抱に当っている私の最も関心事であったのでありますが、それほど悪くなっているとは知らなかった、というのも、国許の兄が、私の雑誌を出すという新しい仕事が、中途で挫折してはいけないと考えて、その事をいわずにおったもので、遂に介抱に帰る事も出来ず、死目に会う事も出来なかったというわけで、大変悲しい思いをいたしましたけれども、致し方がありませんでした。

「ホトトギス」の好評

この「ホトトギス」の二巻の一号は千五百部刷ったのでありましたが、それが直ちに売り切れたのでありまして、意外の好評を博したのに勢いを得たのでありました。

当時の文壇はまだ明治文学の黎明期ともいうべきものでありまして、文学雑誌といっても「文学界」「早稲田文学」「帝国文学」「めざまし草」その他一、二あったばかりでありましたし、そのなかで「ホトトギス」は多少異色があるという点で好評であったのであろうかと思います。下村為山や中村不折が表紙を描いたり、挿絵を描いたりした事も、この雑誌の特色をなしていました。

この「ホトトギス」が好景気であったという事は、私等仲間の人気を引き立てた傾きもありましたが、子規と私が専らこれに当って、他の人々の関係が少なかったという事の為に、いくらか気まずいところもあったようでありました。が、大した事はなく、引き続いて刊行したのでありました。

「ホトトギス」を出すようになりましてから、従来は子規の家で俳句会を開くばかりでありましたが、又発行所即ち私の家でも俳句会を開く事になりまして、多くの人がそれに出席するようになりました。その主な人は、鳴雪、碧梧桐、把栗、牛伴（為山のこと）、墨水、四方太、楽天、秋竹、五城、肋骨、繞石、紅緑、左衛門等でありました。多くの人と申しましても今日のように集まればすぐ百人前後になるというようなわけとは違いまして、十人か高々二十人位の人が集まるのでありました。

「日本新聞」と「ホトトギス」

これより前に、明治三十年頃から子規は和歌の方にも志を向けまして、当時の歌壇が沈滞し堕落しているのを革新しようと企てました。俳句と同時にその方面にも力を尽したのでありました。この「ホトトギス」を、東京で出すようになった時分は「日本新聞」紙上では和歌の方面の仕事が多うございまして、いきおい俳句は、「ホトトギス」、和歌は「日本新聞」といったような工合に分れたのでありました。尤も「ホトトギス」にも一、二号は和歌を載せ、又私達も和歌を作って載せるといったような事もしたのでありましたが、しかしそれは長く続きませんでした。「ホトトギス」は俳句専門の雑誌になり、和歌の方の事は「日本新聞」に載せるという傾きになって参りました。

写生文の開拓

私等仲間は又文章の方面でも新しい仕事をしようと企てました。それは、前に申しました写生文と自らよばれるようになった文体の文章でありました。自然を偽らずに忠実に写生するという点から出発した文章でありました。その写生文は「ホトトギス」が出たという事の為に起ってきたといってもいいのでありまして、前に申しました「浅草寺のくさぐさ」や、子規が書いた「小園の記」という文章などは、まだ文語体でありましたが、だんだんそれが口語体になり、極めて平易明快に書かれるようになり、当時の文体を一変化さす大きな力となったものだと考えます。

それまでの文体というものは、主として形容沢山な漢文崩しか、若しくは優美な言葉をつらねた擬古文体の文章でありまして、日常人の眼に触れる新聞の文章にしてからが、そういった体裁のものであり、学校で作る子供の文章にしても、そういう文章を模倣するにすぎないものでありました。山田美妙斎が、言文一致という文体を唱えて、当時の文章界に衝動を与えたのでありましたが、その言文一致という文章すら、いやに潤飾沢山のもので、歯切れの悪い文語体の脈を引いている文章でありまして、むしろ晦渋な嫌味さえあるものでありましたが、それを本当に口で話すような口語体にしたのは、全く私等仲間の写生文でありました。

その文体は、非常な勢いで新聞雑誌に拡がり、又小学校の生徒の作文に拡がって行きました。燎原の火という言葉がありますが、そんな勢いで普及して行ったのでありました。尤もこれは時勢の要求が然らしめたものでありましょう。

今日でも尚健在で、永く小学校の校長をつとめた、関萍雨という人がありますが、この人がまだ静岡の師範学校の教生であった時分に、初めて「ホトトギス」の文章を見て、その生徒にこれを学ばせた、そうすると、瞬く間に生徒の文章は変ったという事をいっておりますが、それは小学校で「ホトトギス」の文章を拡めた最初のものであったように思います。そんな所から始まって、やがてそれは一般に及んだものであろうと考えます。

尤も、その前に長谷川二葉亭が書いた文章は、余程今日の口語体に近い文章でありまして、それは美妙斎の言文一致というものとは大分選を異にしておりますが、しかしながらその二葉亭の書く文章ですらも尚、文語体の余脈がいくらか纏綿しておりました。

子規の来訪三度

私は、五月に激しい大腸カタルを病んで、一月許り病院に入っておりました。それからしばらくの間、伊豆の修善寺に保養に行っておりました。その間は碧梧桐が代って編輯してくれておりました。

その年の八月に、子規が和歌の方面で田安宗武を見出して、大いにそれを推奨したのであります。その宗武に初めて接した時の喜びの余りに、病気を忘れて私の家に来た事がありました。

それより前に「ホトトギス」の二巻の一号が出た時分にも、子規は嬉しさの余り、私の家へ来ましたし、その後も亦一度来た事がありまして、それにこの宗武の時と、都合三度ばかりやって参りましたが、それが三十三年になりますと、もう動けなくなって、病床に寝たっきりになりました。

「山　会」

今日も尚続けてやっておりますが、「山会」と称えている文章会を、三十三年の九月に初めて子規の家で開いたのでありました。「山会」というのは、文章には一つずつ山がなければ面白くないという子規の主張から、そういう名前が起ったのでありまして、その「山会」は毎月子規の枕頭で開いておりましたが、子規の病気が悪くなってからは、一時中絶しており、それから後になっても中絶したり続行したりして、今日に及んでいるのであります。

晩年の子規

子規は明治三十五年の九月十九日に亡くなったのでございますが、この三十一年から三十五年までの五年間にその仕事は大概やったといっていいのでありまして、俳句の革新復興、それから私には関係が薄かったのですが、和歌の革新復興というような事の上に、文章の革新運動にも手をつけ始めたのでありました。

僅かの年の間にそれ等の仕事をしたばかりでも、大きな努力といわなければならぬのでありますが、社会批評、それから人間教育というような方面にも、その随筆等の上で努力した事は顕著であります。その上、私等の近しい者の上には、常に好意的の忠告、批評等を怠らなかったのでありました。しかしこれは病人の常として、多少の癇癪もまじり、多少の我儘もまじるというところはありましたけれども、しかしながら、その好意は感謝しなければならぬものが多うございました。

「ホトトギス」経営の苦心

子規の事を述べる事は、この文章の主な事でなくって、主として私の側を述べる事に重きを置かなければならないのでありますが、私としましては、この五年間は唯、「ホトトギス」の経営というような事に主として骨を折ったのであります。初めは大変勢いがよかったのでありましたが、それから徐々と経営上に困難を感じ始めまして、それは経済上の問題ばかりでなく、仲間の人々の心持が、多少一致しないような所もありまして、それに苦心をしました。しかし、子規は常に指導と申しますか、相談と申しますか、私の味方となってくれまして、その病気に苦しんでいる中から、出来るだけの助力を惜しまなかったのでありました。

私の身辺には種々の事が起りまして、「ホトトギス」を自分の手で出し始めるようになってから一番初めに起った事は、母の死とそれから続いて下宿屋を営んでおりました私の一番末の兄、その兄はやはり営業上どうも思わしくないので、私もその点の心配をしておりましたが、遂にチブスにかかりまして、それが元になり、赤十字病院で亡くなりました。それは、三十四年の八月でありまして、子規の死に先立つ事一年でございました。

それから、私の長女真砂子は三十一年の三月に生れまして、長男の年尾は三十三年の十二月に生れました。したがって、私の家族に対する負担も重くなって参りました。それ等の事が、自分の生計と関聯しまして「ホトトギス」の経営は困難になって参りました。それで、その急場を救う為に、俳書の出版を思い立ってやってみましたが、素人の悲しさで、それは思うように参りませんでした。どうも良い結果を得ませんでした。それで、遂にその出版の仕事だけを他の者に譲りました。

介抱の半生

私は不思議なまわり合せにあるのでありまして、人の病気の看護という事が常に私の務めとなるような傾向がありました。

一番初めには、父の亡くなります時分も私は十八歳でありましたけれども、父の介抱の役廻りになりまして、中学校に通っておりました時分でしたけれども、中学校から帰りますと、父の病苦を見るに忍びなくなって、薬餌の世話とか、撫でさすりをするような事までも致すようになりました。馬鹿な話ではありますけれども、何だか父は死なないもののような心持がしておりまして、病気になったところで必ずその病気は治るものだというような考えがしておったのであります。理窟から申せば誠に訳の分らない考えでありますけれども、心持からいってどうもそんな心持がしておったのであります。その父は胃癌の為に非常な苦しみをして亡くなりました。実に私にとりまして天を恨むというような心持が致しました。

それから、次には一番上の兄が大病をした時分にも、わざわざ東京から郷里に帰りまして介抱に当りました。

次には母の病気でありますが、これは今から考えますと腎臓病であったのかも知れません。或は心臓が悪かったのかも知れませんが、身体にむくみがきて難儀をしておりました。その介抱にも両度ばかり郷里に帰りました。

それから子規の介抱でありますが、子規の介抱というものは、これは他の諸君も代り合ってした事でありますけれども、私の重い責任となりました。

それからこのチブスで亡くなりました一番末の兄の、赤十字病院に入院する時から最後の息を引取る時まで私一人がその介抱に当りました。義姉は下宿営業の方で手をあけられませんでしたし、相談相手もなく、唯一人気をもんで病床に侍しておったような次第でございました。

それから後も、子供達の病気が続出しまして、それ等も他に子供がある為に家内の手がその方に塞がれておりますので、自然私の責任になるような破目になりまして、殆んど私の半生は介抱の為に費されたというのは少し仰山かもしれませんが、先ず心持から申しますとそういうような状態にあったのでありました。

それから又、私もよく病気をしました。元来蒲柳の質でありまして、殊に胃腸が弱かったものですから、京都の学校に居ます時分も激しい胃痛に悩みまして、医者の忠告に従いまして食事は極く少量を採る事を勧められたものですから、それを実行して居りましたが、結果が思わしくなくって益々身体が衰えるように感じました。それで、それも途中でよしましたような次第でございましたが、この明治三十二年に、殆んどコレラともいうべき大腸カタルをやりまして、一時は虚脱に陥り、医者が近親の者には知らしておけとまでいわれる位になったのでありました。幸いに一命を取り止めましたが、それから後にもやはり腸は弱くって、よく腸を損じまして臥床するような事が多うございました。子規は、自分の病気に同情して虚子が病気をする、というような事をいったかと思いますけれども、そうではなくって、元来消化器の弱いところから、しばしば失敗してそういう事になったのでありました。

俳句界の中心勢力

子規に取っては三十年から三十五年までの五年間はその事業の方向からいえば輝かしい年でありましたが、私にとっては、この五年間というものは、経済上の苦痛と病弱、それに肉親の死、それから子供がだんだんふえてくるというような事で、精神的にも肉体的にも苦痛の多かった時代でありました。しかしながらどうかこうか雑誌も持ちこたえて、「ホトトギス」が俳句界の中心勢力となってきた事は否めない事でありました。

松瀬青々が一時、「ホトトギス」の事務を助けてくれた事がありました。青々は元大阪の銀行に勤めて居りましたが、かねがね俳句の方に志があって、「ホトトギス」にも投句して来ておりました。それが遂に志を立て東京に参りまして、一時は「ホトトギス」の事務員を務めておりました。併し家庭の都合で長く勤める事が出来ないで又大阪に帰りまして、それから朝日新聞の事務にしばらくは携わっておりましたが、後には殆んど専門家として立って、俳句雑誌を出して、一方の旗頭となりました。

仲間の評判

私は雑誌の経営という事に、一時は相当に苦心しました。経済上から、雑誌がうまく維持が出来るかどうかという事を考えまして、雑誌の傍らに書物を発行する事を試みたものでありました。それが巧くいかなくなって間もなく書籍の方は人手に渡しまして、書籍出版という事は断念してしまったのであります。それのみならず、雑誌を如何にして部数を増していくかという事の苦心も払わなければならず、一介の書生であって何も世間の事を知らなかった私は、仲間の者の間の調和というような事にも相当の苦心をしたのでありましたが、主として経済上の事は、常に頭を離れませんでした。これは、子規も知らない方面の苦心をしたのでありました。

一時は、虚子は商売人になった、というような批評も起りまして、それは大変私を不快にせしめた事でありましたが、それ等の点において、子規も些か同情の欠けた言説をしているようなところもありまして、なまじ、商売人になったといわれるようならば、一つ思い切って大きな商売人になってみようかしらと考えた事もありました。

重慶マッチ会社

ある時、佐藤肋骨を訪問した時でした。肋骨の友人に支那に行って居った肋骨と同期の井戸川という中尉でありましたが、それが来て話しているところに、行き合わした事がありました。その時分に、その中尉は、今の蔣政権の首府になっております重慶に、マッチ会社を経営する事を頻りに説いておったのでありましたが、私に向って重慶に行って見る気は無いかということを頻りにいいました。元来その中尉は支那の研究者でありました。その時分に荒尾という人が東亜同文書院というものを拵えまして、盛んに大陸の経営を志しておりましたが、日露戦争が始まる前の時でありましたから、天下の風雲が頗る急でありました。したがって、日本の国策の一つとして重慶にマッチ会社を作ってやってみるという事は、頗る面白い事であるというような事を説いておったように思いました。

この井戸川中尉は今は中将で尚健在であります。

私はその事を聞いて、もし本統に私でもやれるという事であるならば、重慶に乗り込んで行って、それ等の事に携わってみてもいい、と考えた事がありまして、それは確かにそうと定まった話ではなかったのでありましたが、冗談半分に、なまじ重慶に行ってマッチ会社をやってみる事にしようかという事を碧梧桐に話した事がありました。

子規の手紙

碧梧桐は、子規の枕頭に行って、その事を話したとみえて、ある朝私がまだ寝ている時分に、使が子規の手紙を持って私の所に参りました。私は何心なくその手紙を開いてみますと、子規は極めて改まった調子で、此頃聞くところによると、重慶に行くとかいう話を聞いた。僕の病気はだんだん悪くなって、甚だ心細く思っているところに、君が重慶に行くという話を聞いて驚いた。実は、今日では頼りにしているところのものは君である。それが、一朝にして重慶に行ってしまうという事は心外である。とかく、思い立つというと無鉄砲にやるのが君の性質であるから、或は実行に移らないとも限らないと思う。切にその事は思い止まる事を希望する。という意味の手紙でありました。

私はその手紙を見て、病床の子規を思って黯然といたしました。久しくその手紙をみているに忍びないような心持がしたので、それを破って捨てました、すぐさまその日に子規の病床を見舞って、重慶に行くという事は、唯頭で考えてみただけであって、実行に移るというような事はないのであるから安心するようにという事を、子規に申しました。子規は、何もいわずに、唯留処《とめど》のない涙が頬に伝わるのをみました。

それは、それだけの話でありますが、そういう風な考えを起さすように、仲間の評判は一時は私に不快な思いを抱かしめるような状態もあったのでありましたが、子規とも離れる事が出来ず、又「ホトトギス」とも離れる事が出来ないで、遂に今日まで来たのでありました。

子規の死

子規の死という事は、私等仲間に取って、誠に重大な出来事であったといわねばなりません。私等仲間の中心であったのでありますから、その死という事は、中心を失ったようなものであります。

子規が亡くなった為に、中心がなくなったとは申しますが、自ら私等仲間の者の進むべき方向は定まっておるのでありまして、それが為に動揺を来たすというような事はないのでありました。子規の志を継いで、各々その道に進むという事以外に別に考えはなかったのでありました。

明治三十六年の一月には、碧梧桐と四方太と私と三人で湯河原に遊びました。それは別に、何という訳もないのでありましたけれども、子規が亡くなって間もない事ではありますし、自然に三人をしてそういう行動を採らしめたのは、互いに頼るような心持がしたからであろうと思います。

「春夏秋冬」「写生文集」

それから、三十六年という年は、子規の遺業でありました「春夏秋冬」を、碧梧桐と二人で完成した事や、それから子規の追悼集を編んだ事などがありました。又、子規の母堂を伴って大阪に遊びまして、その淋しさを慰めようと企てた事もありました。

表面に表われた事はどうであったか知りませんが、従来の写生文といった方面の事は、四方太も可成り熱心でありましたし、私も亦相当の熱意は持っておりましたし、自分達が作る以外に「ホトトギス」誌上で募集した文章を集めて「写生文集」という書物を出版したりもしました。俳句以外に、文章の方面でも多少尽すところがあろうと志したのでありました。

漱石の帰朝

そうして夏目漱石がこの年の一月にロンドンから帰朝したという事は、記憶すべき出来事と考えます。これより前に、ロンドンに行っている時分には、病床の子規を慰める為にロンドンに於ける自分の起居等を報ずる文章を手紙で寄越してくれたりしました。それを「ホトトギス」誌上に載せておったのでありましたが、この三十六年の一月に、漱石が帰朝したという事は、後に「吾輩は猫である」というような文章を「ホトトギス」誌上に発表するようになりました事から申しましても、記憶すべき事と考えます。とにかく、文章といったような側の「ホトトギス」の運動とでも申しますか、そういうものは、遠く子規時代から源を発しておったのでありました。

能楽の維持振興

明治三十五年に、中兄の池内信嘉が、能楽を維持振興させねばいかぬという志を抱いて上京して来ました。元来、私の父が能楽を大変好んでおりまして、国許で多年能楽の世話をしておりまして、田舎の能ではありましたけれども、しかしながら毎年春秋二季には、東雲神社という旧藩主を祀った神社の前で、奉納の能楽を催すことを続けて来ておりました。それには大変な苦心を払ったのでありまして、維新後の旧藩士の能楽愛好者を糾合致し、旧藩主所有の能衣裳を継承し、どうかこうか能楽を維持する為には相当の骨を折っておりました。

そういうわけで、父は国の能楽というものを維持する上には骨を折ったのでありましたが、その子供である中兄がやはり父の志を継ぎまして、今度は東京に出て参りまして東京の能楽界、中央の能楽界の後見をして、能楽の維持振興を図らなければ、遂には萎靡し、衰微する時が来るかもしれないという考えで、自分の一身を擲って維持振興に尽そうという考えを持って東上して来たのでありました。

それがしばらく私の家に同居しまして、それから徐々に能役者を訪問しまして、その了解を求めて、運動に着手したのでありましたが、その第一着手として「能楽」と唱える雑誌を発行するようになりました。「ホトトギス」に並んで「能楽」という雑誌が出るようになったのであります。

それはまだ子規の生きている時分でありまして、親しく子規の枕頭に兄が参りましてその考えを述べておった時分に、私も同席したのでありましたが、子規はそれから数ケ月経った後に歿したのでありました。

序に、この兄の事について、少しく述べておきます。兄は直情径行なところがありまして、多少他人の誤解を招くようなことがあったのでありますが、しかし誠心誠意能楽というものの振興を図らなければならんという考えを持っておったことは、先ず宝生九郎などの賛同を得て、能楽倶楽部なるものを組織しました。又、夜能ととなえまして、短時間に能を見物することが出来るような組織を拵えまして、一般の人に能楽を観せるようにしました。又囃子方を養成することを考えまして、生徒を幾人か給費しまして、夫々の師匠につけて専門的に習わすようにしました。現に今日、中堅所となっている囃子方は、その兄の養成の下にあった者が多いのであります。その能楽倶楽部は遂に徳川家達公を会頭としていました能楽会と合併しまして、兄はその専務理事となりまして、久しく能楽界の世話をしておりましたが、遂に今から六年前の昭和十一年に七十七歳を以て亡くなりました。

その一子の洸というのは、前から私の許に出入しておりまして、今日は俳人として世間に立っておる者でありまして、俳号をたけしと申します。

子規の連句排斥

明治三十七年に、連句論というものを「ホトトギス」に書きまして、連句の価値を認めた意見を発表したのでありました。

これより前に、子規は連句は非文学だという意見でありまして、一切連句のことには手を触れないという有様でありました。子規は俳句の方に大いに興味と価値を感じまして、鋭意これを研究し鼓吹することを怠らなかったのでありましたが、連句の方になるというと「俳諧大要」という本の中に僅かにその作法を述べているにすぎないのでありまして、世上に行われている月並宗匠仲間の連句についても、一言も言葉を差し挟んだことはありませんでした。また、芭蕉、蕪村等の連句についても、何等研究するところがなかったのでありました。芭蕉の仕事を振りかえって見ました時分に、俳句の方面の功績というものは大変なものでありますけれども、同時に又連句の方面における功績というものは、殆んど古今独歩ともいうべきものでありました。これは後の蕪村その他の天明俳人が、俳句の方では、芭蕉と又別途の仕事をしているといってもいいのでありまして、その俳句界に於ける仕事というものは、共に立派な仕事をしているといっていいのでありますが、連句の方面になりますというと、芭蕉の方が断然上に居るのであります。蕪村以下の連句というものは、数も芭蕉よりは少いですし、また質からいっても芭蕉程には行かないと思います。その芭蕉の半面の仕事たる、連句の方面のことになりますというと、全くこれを閑却し去ったという事は、残念であった事のように考えられるのであります。

しかしながら、子規はそれには一見識がありまして、連句は文学でないといって排斥したわけであります。私は、その事には以前から不服であったのでありまして、「ホトトギス」を出しまして間もなく、連句について多少意見を発表したことがあったのでありますが、子規の好まないところでありましたから、それは中絶しました。

私と連句

子規が亡くなった後に、再び連句に考えが及びまして、又連句について小論を書きました。其文章は粗雑なものではありましたが、しかしながら、私が連句というものに関心を持っておった自然の現れでありました。碧梧桐や鳴雪等の、俳句を専門にやっている人々はこれに反対し、漱石、四方太等の文章の傍の者はこれに賛成するといったような有様でありました。

其後私も多忙のために、久しい間打ち絶えていたのでありましたが、更にこの四、五年前から、長男の年尾等と共にまたその研究を始めるようになりまして、今日ではまた連句の研究が、ようやく盛んになろうとしておる傾きがあるのであります。

家族のこと

長男の年尾ということを申しましたが、明治三十三年の十二月に、長男の年尾が生れました。年尾という名前は、子規がつけたのでありまして、年の暮に生れた為に、年尾という名前にしたのでありました。これは、後に小樽高等商業学校を出まして一時は旭シルクという会社に社員として入りまして、十年ばかりそこに居りましたが、遂に今日では俳句専門で立って行くようになりまして、「ホトトギス」の外、「俳諧」並に「鹿笛」ととなえる雑誌の編輯をしております。

序に、明治三十六年の十一月に、次女立子が生れました。これは後に東京女子大学に学びまして、星野吉人に嫁しましたが、俳句を学びまして「玉藻」という俳句雑誌の編輯をして今日に至っております。

明治三十九年の十月に次男の友次郎が生れました。これは生れる時既に、長兄池内政忠の後継者であるという約束があったのでありまして、その後池内の養子となりました。私の為には宗家ともいうべき池内家の跡取りとなったのであります。これは後に、パリーの国立音楽学校に学びまして十年間ばかりパリーで暮しましたが、今日では帰朝しまして作曲家として立っております。傍ら俳句を作っております。

明治四十二年の五月に三女宵子が生れました。それは後にフェリス女学校を出まして、男爵新田義美に嫁しました。

明治四十五年の七月に四女六子が生れましたが、これは三歳で夭折しました。

大正四年の一月に五女晴子が生れましたが、これも後にフェリス女学校を出まして高木良一に嫁しました。

大正八年の六月に六女章子が生れましたが、これも後にフェリス女学校を出て、今なお家にあります。私がパリーに遊びました時分同行して参ったのはこの章子でありました。

俳体詩

又連句と同時に、俳体詩というものを始めた事がありました。これは、連句の形をとりまして、意味が一貫するものでありまして、その意味が一貫するものであるという事が、連句とは大変な違いでありますが、その時分世間に行われているところの新体詩ととなえているもの、今日でいう詩でありますが、その詩というものに比べますというと文字が緊密でありまして、その文字の配置工合は連句と同じようなものでありまして、ただ意味が一貫するものであるという点が異っておるのであります。それで、これをかりに俳体詩と呼んで、漱石などと一緒に試みておった事があったのであります。これは長くは続かなかったのでありますが、併しながら漱石をして文壇に崛起せしめるようになった道程の一つの出来事であったという点で記憶すべきことであると考えるのであります。漱石の内に鬱積しておりました創作熱とでもいうべきものがもしあったとするならば、それはこの俳体詩によってはけ口を見出したといってもいいのであろうかと思います。

三十七年の末に、初めて漱石の「吾輩は猫である」が「ホトトギス」に掲載されるようになったのでありまして、それは後に申しますようなわけで発表されるようになったのでありますが、その源を探ってみるというと、俳体詩などで徐々に創作に自信を持つようになりましたのが、重大な誘因となったのであると思います。殊に「尼」という一篇の如きは、私と漱石との両吟でありますが、私は全くワキ役でありまして、主として漱石の天才的な閃きがシテ役として活躍しています。

自ら恃む

子規から受けた感化の中で、一番大きいと思う事は、自ら恃《たの》むという事でありました。子規は、当時の文壇におきましては、やや先輩と思える坪内逍遥、森鷗外、それに同輩ではありましたけれども尾崎紅葉、幸田露伴、其他文壇に於て些か先進ともいうべき人々についても、余りそれ等の人に心服するというところはなかったように思います。殊に同輩以下の者に対しては、常に自ら指導する側に立たなければ満足しないというような傾きがあったのでありました。それは、不遜とか傲岸とかいう意味で人から多少嫌われるところもあったのでありますが、しかしながら又、他から頼もしがられるというような傾きも多かったのでありました。その気風は、自然私にも感化を及ぼしまして、たやすく他人の言説に惑わされない、しっかり自分を守るところがなければいけないという考えを起さしめるようになったのでありました。

子規が死ぬるまでは、碧梧桐も私も子規というものに統一されて、性質に於ても違うところがあり、その俳句に至っては到底両立し難いものであったかもしれないのでありますが、しかしながら、共に子規の傘下にある者として、別にその相違を強く意識する事なしに来ておったのでありました。が、子規が死んだとなってみますというと、お互いに深く考えざるを得なくなりまして、各々進むところを自ら見極めなければならぬというような破目になってきたのでありました。

一時私は、漱石、四方太などと共に、文章の方に努力しまして、しばらく俳句は碧梧桐に一任してしまうぐらいのつもりでおったのでありました。が、碧梧桐の句が、だんだんと極端な方向に歩を進めていくような風になりまして、遂に再び俳句界に立って、自分の句に対して深く考えてみるようになって来たのでありました。

それからいよいよ碧梧桐との対立の、約二十年間が継続するようになったのでありました。

その間、常に私は子規の文学を継承し、子規の文学を祖述していく者であるという考えに立って居たのでありました。

俳句に於ける碧梧桐と私

碧梧桐はその後「京華日報」といいまして「椎の友」の会員であった二宮孤松という人の経営しておりました、小さい新聞がありましたが、その「京華日報」の記者になった事がありました。又、一時は「ホトトギス」を手伝った事もありましたが、子規歿後は「日本新聞」の俳句を担当するようになり遂には社員となりました。

それから三十六年の八月号かの「ホトトギス」に「温泉百句」というものを発表した事がありました。私はそれを読んでみまして、碧梧桐の傾向が、やや技巧的な浮華な方面に走っているのではないかと考えまして、「現今の俳句界」と題する文章を作りまして、次の誌上に発表した事がありました。碧梧桐は又それに応える文章を発表したのでありましたが、これ等がその当時の俳句界に衝動を与えまして、子規歿後、何か事が起ろうとするのではないかという眼を持って見ておった人々に、果して事が起って来たというような感じを起さしめたものであった事を、その後になって知ったのでありました。別に深い意味があって書いたわけではないのでありましたが、それが世間に与えた影響は大きかったのでした。私は直ちにこれを抑えまして、そういう意味で書いたのでは無い事を明らかにしたのでありましたけれども、奇を好む世人は、何か事あれかしというような考えから、事実以上にこの事を重要に見た傾きがありました。又実際を申しますというと、碧梧桐と私との俳句に於けるいき方というようなものが、自ら違って居るのでありまして、それはこの後もだんだんと違った方向に赴いたのでありますが、以前はただ子規の統率の下にあったが為に破綻を来たさずにいたのでありました。その子規が亡くなったが為に、碧梧桐と私との歩調が違って来たという事は、これは止むを得ない事でありました。又事実私達が考えるところからも、今は子規という依るべきものがなくなったのであるからして、いきおい自ら恃むというより外に方法はなかったのでありますから、その自分というものを棄てて、その信ずるところに邁進するという立場から申しますというと、この争いというものは早晩何等かの形で表われなければならぬものであったのでありましょう。図らずも、「温泉百句」の評にそれが表われたという事は又止むを得ない事でありましたでしょう。しかしながら、私はそういう事は余り好ましい事とも考えなかったのでありますところから、その反響の意外に大きかったのに驚きまして、そういう争いをするのは余り早いと考えまして、寧ろその争いを打消す位のつもりで結末を急いだのでありました。

漱石と私

夏目漱石は、前にも申しましたように子規と同窓の親友でありまして、又俳句の友でもありました。それが松山の中学から熊本の高等学校に転じ、それから二年間英国に留学することになりまして、その留学中は長文の手紙をよこして、病床の子規を喜ばせたこともありましたが、終にその帰朝を待たずして子規は病歿しました。漱石は帰朝後一高の教授から大学の講師になりました。その漱石が、本郷の弥生町に住まっておった頃の事でありますが、私はよくその家を訪ねたものでした。それというのも漱石は、自分が、「猫」の中に書いてあります通り、胃弱性神経衰弱とか何とかいうわけであったのかと思いますが、元来、天才的の人であったものですからして、普通の人が考えるような風に万事が行かなくって、いくらか神経衰弱にかかった人が考えるような、軌道に乗らない考へ方もあった事と考えられます。そこで細君が漱石の言行に手古摺って、暇があったならば漱石を少し連れ出して何処かに行って、気保養をさしてくれないかというような事を、私に頼んだ事もあったのであります。

その時分は後のように沢山の人が漱石の家に出入りしているわけでなくって、寺田寅彦という人が漱石の熊本時代の門下生として出入しておった位でありました。私は、門下生というわけではなかったのですけれども、漱石という人は好ましい先輩であるというところから、よく出入しておりましたし、寅彦とか私とかいう者に、細君からそういう事を頼んだわけでありました。そこで謡の教師を紹介したり、能を観に引っぱって行ったり、又芝居を観に引っぱって行ったりする事もあったのであります。そんな風に漱石とは特別の交遊があったところからして、殊によく訪問もしておったのでありました。

前に申しましたように、「山会」と称えた文章会は、子規の生前の時分から致しておったのでありましたが、子規歿後もやはりそれを続けてやっておりました。子規の家には妹さんがそのまま住まっておったものですから、子規の遺志を継ぐようなつもりでその家を借りて「山会」を催しておりました。

「吾輩は猫である」

ある時私は漱石が文章でも書いて見たならば気が紛れるだろうと思いまして、文章を書いて見ることを勧めました。私は別に気にも留めずにおったのでありまして、果して出来るか、出来んかも分らんと考えておったのでありました。ところが、その日になって立寄ってみますと、非常に長い文章が出来ておりまして、頗る機嫌が良くって、ぜひこれを一つ自分の前で読んでみてくれろという話でありました。文章会は時間が定まっておりまして、その時間間際に漱石の所に立寄ったのでありましたが、そういわれるものですから止むを得ず私はその文章を読んでみました。ところがなかなか面白い文章であって、私等仲間の文章とすると、分量も多くそれに頗る異色のある文章でありましたから、これは面白いから、早速今日の文章会に持出して読んでみるからといって、それを携えて文章会に臨みました。私がその漱石の家で読んだ時分に、題はまだ定めてありませんでして、「猫伝」としようかという話があったのでありますが、「猫伝」というよりも、文章の初めが「吾輩は猫である。名前はまだない」という書き出しでありますから、その「吾輩は猫である」という冒頭の一句をそのまま表題にして「吾輩は猫である」という事にしたらどうかというと、漱石は、それでも結構だ、名前はどうでもいいからして、私に勝手につけてくれろ、という話でありました。それでその原稿を持って帰って、「ホトトギス」に載せます時分に、「吾輩は猫である」という表題を私が自分で書き入れまして、それを活版所に廻したのでありました。

それからその時分は、誰の文章でも一応私が眼を通して、多少添削するという習慣でありましたからして、この「吾輩は猫である」という文章も更に読み返してみまして、無駄だと思われる個所の文句はそれを削ったのでありました。沢山ではありませんでしたけれども、削った個所が二、三ケ所あったのでありました。そうしてそれを三十八年の一月号に発表しますというと、大変な反響を起しまして、非常な評判になりました。それというのも、大学の先生である夏目漱石なる者が小説を書いたという事で、その時分は大学の先生というものは、いわゆる象牙の塔に籠っていて、なかなか小説などは書くものではないという考えがあったのでありますが、それが小説を書いたというので、著しく世人の眼を欹たしめたものでありました。それればかりではなく、大変世間にある文章とは類を異にしたところからして、非常な評判となったのでありました。

それで、漱石は、ただ初め文章を書いてみてはどうかと勧めた為に書いたという事が、動機となりまして、それから漱石の生活が一転化し、気分も一転化するというような傾きになってきたのでありました。それと同時に「倫敦塔」という文章も書きまして「帝国文学」の誌上に発表しました。

それから「吾輩は猫である」が、大変好評を博したものですからして、それは一年と八ケ月続きまして、続々と続篇を書く、而もその続篇は、この第一篇よりも遙かに長いものを書いて、「ホトトギス」は殆んどその「吾輩は猫である」の続篇で埋ってしまうというような勢いになりました。それが為に「ホトトギス」もぐんぐんと毎号部数が増して行くというような勢いでありました。

文章熱の勃興

ひとりこれが漱石の一身上に重大な変化を来す原因になったばかりでなく、我我仲間の者も漱石の刺戟を受けて、皆一様に文章熱が勃興するといったような有様でありました。その文章熱が盛んになるというのは、子規門下を分てば、俳人、歌人と分れるのでありますが、その俳人仲間は従来写生文というものを書いて参りました。殊に四方太は、従来の写生文の型を守るという考えの方が強うございまして、この漱石の文章にはいくらか反対の態度を採っておりました。碧梧桐その他の人は、四方太ほど熱心に文章を作らなかったのでありまして、それ等も自然漱石の文章に対して、余り快く思わないような傾きもあったのでありましたが、片っ方の歌人仲間、即ち伊藤左千夫、長塚節というような人々は、漱石のこの文章に対して同情を持つというよりも、その勢いにさそわれて奮起したといったような傾きが多うございました。それで左千夫は文章会で「野菊の墓」といったような文章を朗読するようになりまして、これも一躍小説の方に足を踏み入れようといたしました。

又これは大分後の話ではありますが、長塚節が「土」というような農民小説を書くというようになったのも、主としてこの漱石に刺戟されたということが原因であったと思います。尤も、長塚節はそれより前に、私等仲間と一緒に「佐渡が島」以下の写生文を作っておったのでありました。それが一躍して「土」というような文章を書くようになったということは、漱石の刺戟が大きにあるだろうと思います。

私も、漱石に勧めて文章を書かしておきながら、漱石の為に却って刺戟されて、長いものを書いてみる気になったという傾きがあるのであります。

「ホトトギス」は、漱石の「猫」のために雑誌すらもが有名になるといったような傾きでありまして、その方面の読者が殖えつつあったのであります。又漱石の「幻影の盾」「坊っちゃん」等も発表されるし、漱石の門下生である寺田寅彦、鈴木三重吉、野上弥生子等の処女作も、続々「ホトトギス」紙上に発表されました。

それが俳句の方面では、雑誌が漱石色が濃厚になり、小説がかったものが多くの部分を占めるという事に対して、多少不平ではありながら、なお眼を睜ってそれを見ておったような傾きでありました。

「俳諧スボタ経」

三十八年に私は「俳諧スボタ経」という文章を、「ホトトギス」に発表しました。これは、今でもこの文章の趣旨には変りはないのでありまして、俳句の一般の人に与える功徳というようなものを説いたものでありました。俳句を作る人にも、種々の等差があるのでありまして、天分の豊かな人が作るのと、天分に恵まれていない人が作るのとは大変な差異があるといってもいいのであります。しかし仮にも俳句を作るという事に志した人は、全く俳句を作らぬ人に比べてみると、それは有縁の衆生と無縁の衆生との差がある。所謂救われるものと救われないものとの差があるという意味の事を書いたものでありました。

「俳諧散心」と小説「風流懺法」「大内旅宿」等

又私等仲間の蝶衣、東洋城、癖三酔、松浜、三允等と共に、後に「俳諧散心」と称えましたが、そういう会合を催しまして俳句を作ることをやりました。これは、その頃碧梧桐が「俳句三昧」ととなえて、碧童、六花などというその門下の人々と一緒に俳句の修業をしておったのに対して、私等仲間の人々が、負けずにやろうというようなところから起った会合でありました。それで私は、三昧（定心）に対して散心という仏教で修行の上に二通りあるとかいうその三昧に対して他の一つの散心という言葉を選んだわけでありました。

元来私は文章に志があったのでありまして、一番初めに子規に接した時分から子規に求めるところも俳句ではなかったので、子規の俳句に熱心である事が物足りなく感じた位であったのであります。が、中頃から遂に子規の感化の下に俳句専門になるが如き傾きが自然々々と生じてきたのでありましたが、もともと文章の方に興味がございまして、なお文章会を催したり、写生文という一つの文体を創造する上に努力したりしまして、今迄でもその方面の仕事が半を占めておったのであります。それが漱石の勃興に刺戟されまして、文章熱が更に力を得てきたのでありました。しかしながら、俳句の方もなお仲間の人々と共に歩みを続けてきたのでありました。この「俳諧散心」なるものは相当に長く続きました。そうして、この「俳諧散心」で得た句は私の俳句の集の中でも、かなりな句があるという事は今日でも認めなければならん事であろうと思います。

明治四十年には、漱石の「野分」という小説が「ホトトギス」の一月号に発表され、四月には私の「風流懺法」というものを発表いたしました。それから続いて「斑鳩物語」、「大内旅宿」などを発表しました。

国民新聞に入る——「俳諧師」

明治三十九年頃から、私は国民新聞紙上に短い文章を発表する事をもいたして来ましたが、四十一年には遂に「俳諧師」ととなえる小説を連載するようになりました。それからその年の十月には、国民新聞に入社しまして、国民文学と称える一つの欄を創設する事になりました。これは俳友の吉野左衛門が、その頃の国民新聞の政治部長をしておりまして、一時社会部長をも兼ねる事になっておりました。その時分に左衛門は、私に社会部長にならんかという事を勧めたのでありました。私は、社会部長は任でないという事を以って辞退しました。その時の話に、新たに文学部というものを創設してもよいという事を申しましたので、もし文学部を創設するならば、私が入社してもよいという事を申しましたらば、その話が進んだものとみえまして、一頁を割くからして、その頁は私の勝手にしてよいという事になりました。そこで、東俊造、島田青峰、後には野上臼川等と共に国民文学欄をやって行く事になりました。私は徳田秋聲の小説に興味を感じておったところから、第一回に載せる小説を徳田秋聲に執筆して貰おうと思ってこれをはかりまして、快諾を得ました。それで、「新世帯」なる小説を発表するようになりました。これが後年の「黴」その他を得るようになった第一の述作であります。当時、新聞紙上の文芸欄というものはたいして振ったものがないのでありまして、国民文学欄を創設しまして、新しい文芸の上に一つの歩みを踏み出すべく、多少の抱負を持ったのでありました。ところがこの後一年経ってからでありましたが、朝日に朝日文芸欄が新しく出来まして、漱石がその主任になる事になりました。いきおい漱石と対立しなければならぬような破目になりました。私は聊か意外であったのでありますが、それでも尚暫くは続けてやっていったのでありました。

雑詠欄の創設

これより前「ホトトギス」誌上に「雑詠」ととなえる欄を設けました。従来の「ホトトギス」では、課題ととなえまして一つの題を設けてその題の俳句を募集するという事になっておりました。これは「ホトトギス」がそうでありましたから、他の雑誌も悉く「ホトトギス」に倣って募集句といえば、必ず題を定めてやっていました。私は、それよりも題は自由にして募集する方が、作者にとっても便宜であるし、また良い句を得る所以であろうと考えまして、題は定めない、即ち雑題、又これを雑吟と申しますか雑詠と申しますか、そういう意味の句を募集して「雑詠」ととなえて発表しました。併しこれは国民新聞社入社等のために一応中絶した事になりましたのを、その後又二、三年して始めまして、今日までできておるのであります。この雑詠なるものは、かりそめに設けた名前であるに拘らず、今日では如何なる俳句雑誌でも、必ず雑詠欄なるものを設けまして、主としてその雑誌の経営に当って居るものが之に当り、雑詠欄は即ちその雑誌の生命であるという風になって参りました。

国民新聞を退く

四十二年には「三畳と四畳半」と題する小説を「ホトトギス」の一月号の附録として発表しました。

四十三年に、平福百穂と一緒に秋田地方に旅行しました。さきに医者の免状を取ってから、秋田の山中の女米木という自分の郷里に蟄居しまして、医者を開業しておりました露月を訪問いたしました。

この年の夏以来、漱石が修善寺で胃潰瘍を病みまして、長くその地の温泉宿に病臥しまして療養を続けておりました。

秋に、国民新聞社を退きました。

前に「ホトトギス」では漱石色が濃厚になり、小説がかったものが多くの部分を占めるということに対して、俳句の方面では多少不平でありながらも、なお眼を瞬ってそれを見ておった、ということを申上げましたが、其後私が国民新聞社に入社して国民文学という仕事に携わり、「ホトトギス」には益々俳句のことが少くなり、又漱石は朝日新聞社に入社して、他のものには筆を取らぬことになり、従って「ホトトギス」にも執筆しないことになりましたので、「ホトトギス」の読者が非常に激減しまして、維持が困難になってきたという事の為に、進んで新聞社の方を今一層勉強すべきか、そうなれば「ホトトギス」というものは自然止めなければならん立場に立ち、又「ホトトギス」を盛り返す為に、その方に力を注ごうとすれば、いきおい新聞社の方は止めなければならぬという岐路に立ちまして、どうしようかと思い煩ったのでありましたが、遂に国民新聞社を退く事に決心しました。

独力経営に当る

　これより前に私の住居は、神田の猿楽町から麴町の富士見町に移転して、更に五番町に極く短い間居ったのでありましたが、その年の十二月に鎌倉の原ノ台に移りまして、同時に「ホトトギス」を芝南佐久間町の嫂の下宿屋の一間を借りまして、そこに発行所を仮りに置く事に致しました。この時分の「ホトトギス」は、「ホトトギス」始まって以来の一番不況に居ったのでありまして、立直さなければ経営がむずかしいというわけでありました。一大決心をして総ての生活を立直すべく努力したのでありました。「ホトトギス」が不況になりました時に、従来「ホトトギス」を助けてくれておりました友人達とも相談したのでありましたが、それ等の人は皆「ホトトギス」から手を引くような話でありましたので、私はついに決心しまして、自分一人で「ホトトギス」を持直す事に決心したのでありました。もとより「ホトトギス」というものは、私独力で経営して来たものではありましたのですが、従来は多少仲間のものの機関雑誌というような関係もありました。が、この時以来、純粋に私一個人のものとしてこれを経営して行く事になりました。幸いに努力の結果がみえて参りまして、徐々に元の読者が再び帰ってくるような傾きになって参りました。いくらか部数も増して参りまして、どうかこうか経営を続けて行かれる事が明らかになって参りました。

三、四年の脇道

鎌倉移住後、明治四十四年の四月に俳友の赤木格堂と一緒に朝鮮に遊びました。これは、さきに申しました国民新聞の政治部長をしておりました吉野左衛門が、京城日報の社長をしておりまして、私に一遊しないかという事でありましたので、格堂と共に参ったのでありました。朝鮮には興味を覚えまして、一旦帰って又再び参りました。そうしてこの朝鮮に遊んだ所産として小説「朝鮮」を大阪毎日新聞、東京日日新聞紙上に発表しました。

もともと小説の方に興味を持っていたということもあり、中頃漱石に刺戟されたということもあり、一時はその方に熱心の余り「ホトトギス」紙上に俳句の影が薄くなり、そのため読者の反感を買い、又国民文学欄の創設に携わり、「ホトトギス」をお留守にしたというので益々読者の同情を失ったのでありました。併しながらそれは三、四年の間でありまして、その三、四年の脇道を歩んだということは、私の生涯の経験のうちで必ずしも無駄なことでなかったと考えるのであります。丁度外国の土地を踏んで日本を顧る人の如く、俳句以外の文学の天地をのぞいて俳句を顧ることが出来、俳句本来の姿を知るために役立つところが多かったように思います。

「ホトトギス」と私

私の俳句に携わっている五十年間を回顧してみますと、それは「ホトトギス」という雑誌と切っても切れない関係にあるのでありまして、私の俳句の歴史は、即ち「ホトトギス」の歴史になると思います。元来私は、前にも申しました通り、「ホトトギス」という名前は余り好まなかったのでありましたが、しかしながらそれは、子規の名前を取ったものであるというところから、又一種の懐しみを持つところもありまして、遂にその名前を踏襲して今日まで来たのであります。

今日から過去を振返ってみますと、この、私と「ホトトギス」との関係というものは、私と子規との関係をそのままに象徴したものであるかのような感じがするのであります。前にしばしば申しました通り、私が郷里に居る時分は、子規を同郷の先輩として尊敬するという事は、大きな事実であったのであります。しかしながら、私の目的というものは必ずしも子規の業を継ぐという事にあったのではなく、私は又、俳句そのものに携わるという考えがあったのでもなく、何か文学上仕甲斐のある仕事がしてみたいというだけの希望を持っておったのでありますが、それが徐々に子規にひきつけられて行きまして、遂に子規の志を継ぐといったような按配になってきたのであります。

若い時分の放縦な考えから、ある時は子規の周囲から逃れ出たいような心持もしない事はなかったのでありますが、しかしながら、恰も蜘蛛の糸にからめられた昆虫のように、私の心というものは、いくら踠いても子規から離れられないようになっておりました。踠けば踠くほど、その糸が手足に搦まるといったような按配であったのであります。

碧梧桐の新傾向

明治四十二年頃であったかと思いますが、碧梧桐は大谷句仏の助けを得て、後に「三千里」という書物を出しましたが、その書物にある通り、東西の地方を絶えず旅行しまして自分の俳句を鼓吹する事に努めました。それで、一時は碧梧桐の俳句が非常な勢いで勃興した傾きがありました。碧梧桐はそれを新傾向と称えまして私の俳句は古いものとしてこれを排斥しまして、自分等の新傾向の句でなければ俳句でないかの如き言説をしたのでありました。

その頃私は鎌倉に居りまして、文章を作ることをしておったのでありますが、四十二年の十月にチブスをやった結果が思わしくなく、腸が絶えず悪うございまして、液体ばかりを摂っており、臥床し勝ちでありました。医師は余り筆を執る事に熱中しないで気分を転換さす事が良かろうという事でありましたので、従来から謡が好きでありましたし、鼓も稽古したりしておりましたが、更にお能の型を練習してみる事になりまして、桜間左陣という金春流の名人がありましたが、その息子の金太郎という、この父子につきまして、金春流の型を稽古してみる事になりました。それは幸い、健康上良い結果を得るようになりまして、しばらく文筆を擲って型を習ってみたりして静養を専らにする事になりました。しかしながら、その時分にひそかに俳句界の様子をみますというと、碧梧桐の唱えるところは、従来かつて「温泉百句」を批評した事があります時のように、従来私の思っている方向のものとは余程違った方向に進みつつあるもののように考えました。かつて文章に専心であろうと考えました時分には、碧梧桐も今少し考慮をめぐらして俳句界を正しい道に導いてくれるものと考えておったのでありましたが、どうもこの頃の様子をみるというと、自分の好むところに偏して、いわゆる新傾向という方向に走りすぎる。それでは俳句界を導く上において決して妥当なものでないという考えを持つようになりました。けれども、文章の方面の仕事も中途でありますので、これをどうする事も出来なかったのでありましたが、この頃医者に止められまして筆の方はしばらく持たないようにした方が良いという事になりまして、能楽などに遊んで、静かに病気の保養を専らにしておりましたが、其保養の旁ら俳句の方面の事にぼつぼつ又手をつけはじめました。

碧梧桐派と虚子派

そこで、四十五年の七月から「ホトトギス」誌上に雑詠の選をする事にしまして、俳句に対する私の見解を披瀝しました。新傾向に対する不満の点を表明したのでありました。今まで碧梧桐の新傾向運動に反対であった人々は、みなこの雑詠の復活に賛成しまして集まってくるといったような有様でありました。忽ち俳壇が、碧梧桐派と虚子派との二つに分れるようになって参りました。私は元来、この二つに分れる事は好まないのでありまして、かつて「温泉百句」の評の時分に、事あれかしと待っている世間の人が、それを事実以上に騒いだという事に甚だ不快な感を持ちまして、すぐその論争を止めたのでありましたが、此処に又碧梧桐派、虚子派の対立となるという事は面白くない事だと考えましたけれども、ここに至っては勢い止むを得ない事になりまして、碧梧桐が新傾向句を唱えるに対して、私は寧ろ守旧派という事を唱えまして、従来の俳句を守るという立場に立ったのでありました。

季題十七字破壊の傾向

その時分に、鳴雪、露月、青々などは、各々の分野を守り、相当に俳句界に努めるところがあったのでありまして、それ等の人は必ずしも碧梧桐に雷同するものではなかったのでありましょうが、しかしながら碧梧桐に比べますというと、その勢力が遙かに弱く、その碧梧桐の句調を論難する事をしないばかりか、ややともすると之に倣おうとするような形跡があるかとも思われる点がありました。

その碧梧桐の短所、一方からいえば長所ともいい得るのでありますが、その俳句は後に新傾向と自ら称えるところのものとなりまして、遂には季題並びに十七字という形すらも無視するものになっていったのでありました。大正二年頃はまだ、季題十七字というものを破壊するまでには至らなかったのでありますが、しかしながらその点まで進まねば止まないような句の傾向は見えておったのでありました。

私は小説の筆を投じて病床に静かに横たわり、又能楽に携わっておりながらそれ等の俳句界の様子を耳にしておりますというと、考えるともなく考えざるを得なくなりまして、どうもこのまま俳句界を碧梧桐に一任しておく事に不安を感じて参りました。

前に申しましたように私は、俳句の事は碧梧桐に一任して、私はもう文章の方に専らになろうとさえ考えたのでありましたが、此処に至って遂に又、自ら俳句界に立たねばならぬような機運に迫られていたといってもいいのでありました。

「ホトトギス」二百号に達す

その時分に、鎌倉、戸塚あたりに居りました俳人が、私の病床を見舞ってくれまして、その都度に、つれ〴〵の余り句作を試みてみたりもしておったのでありました。

そんな事をしております間に、たまたま「ホトトギス」は二百号に達しまして、その二百号誌上から「六ケ月間俳句講義」というものを発表しました。それは後に「俳句とはどんなものか」という表題の下に実業之日本社から出版するようになりました。後に「俳句の作りよう」というものを、又「ホトトギス」に発表するようになりまして、これは同じく「俳句の作りよう」という表題の下に実業之日本社から出版しました。この二冊は、姉妹篇の俳句の入門書としまして広く読まれたようであります。それからぽつぽつと、いわゆる新傾向に対する私の駁論を発表するようになりました。

子規・ホトトギス・俳句――「柿二つ」

朝日新聞の求めに応じまして大正四年に「柿二つ」と題する小説を、その新聞紙上に連載しました。これは、子規の事を書いたのでありまして、やや健康が良くなってから、又小説に筆を取ってみたものでありました。が、その後はようやく俳句界の仕事が又私を捉えて、どうしても離れられないようになって来た為に、健康は徐々に良くなって参りましたけれども、それにも拘らず、小説の方には筆を取る暇が無いようになってきたのでありました。

二つの仕事は、遂に両立しない傾きがありまして、又小説の方に立戻ってみたいという考えは始終頭の中にあったのでありますが、俳句界とは遂に切っても切る事の出来ない関係に立至りまして、今日では殆んど俳句専門になってきているのであります。

これも亦、子規の羈絆《きはん》を脱したい脱したいという考えが一方にありながらも、遂にそれが出来なかったと同じように、やはり俳句の世界を脱する事が出来ずに今日まで来ているものといってよいのであります。子規、ホトトギス、俳句、この三つの私における関係というものは、一種の宿命ともいうべきものであろうと考えます。

影響を受けた人

私が一番大きな影響を受けた人は、いうまでもなく正岡子規であります。それは私の最も若い時分に覆いかぶさってきた最も大きな勢力も子規でありましたから、子規の感化というものは自分が意識するとせざるとに拘わらず随分大きなものがあると思うのであります。次いで夏目漱石の影響も亦あったように思うのであります。尤も、子規の影響というものは、人間としての私を作り上げる上において大きなものがあったと思うのでありますが、漱石の方はその点においては、格別大きなものがあるというわけではないのでありまして、何となく尊敬すべき先輩として漱石を眺めておったということ、漱石は常に静かな態度で私の文芸上の作品に眼を止めてくれておったということであります。

松山時代の漱石

漱石が松山の中学校に居った時分に、私が帰省して漱石を訪ねた事がありました。それより前に一度私共は会って居るのでありますけれども、改めて漱石に面会しました。その時であったか、その次に帰省した時であったかはっきり記憶いたしませんが、漱石並びに村上霽月という同郷の先輩で、その時分に伊予農業銀行という銀行の頭取をしておりました男と三人で、松山の近郊を吟行して歩いた事がありました。その時分には、別に文学上の話をするでもなかったのでありますが、俳句を作って数日を過したことがありました。それから熊本の高等学校に赴任する時分に、漱石がすすめるままに厳島まで一緒の船に乗って行ったことがありました。その時分に漱石は私に、自分は少し月給を沢山貰うようになったから、若干の金を君にやるから少し勉強をしろというような事をいった事がありました。その時分の私は、乏しい学資でようやく下宿料が払えるくらいのものでありまして、余分の書物を買うというような金はなかったのでありましたから、喜んで好意を受けて、月々五円であったか十円であったかの金を送って貰うことになったのでありました。そういう点でも、漱石に負うところは多いのでありました。その時も宮島の紅葉をみて、お互いに俳句を作ったりして袂を分ったのでありました。それから後になっては、続けて一年ばかり金を送ってくれておったように思いますが、漱石が細君を貰うようになったのを境にしてか、それを辞退しました。その細君を連れて、東京から熊本の任地に赴く時も、新橋に送ったのは私一人であったように記憶しています。

漱石と俳句

それから二年間の英国留学を了えて帰朝した時分に、漱石と私は神楽坂の西洋料理屋で会食した記憶があります。留学中に「ホトトギス」を私の手で発行するようになりまして、漱石は子規を慰める為に、ロンドンにおける下宿生活の状態などを詳しく書いて来た手紙代りの文章があったのを「ホトトギス」誌上に載せた事がありました。帰朝して後に、熊本の高等学校から東京の高等学校に転任するようになりまして、文章を「ホトトギス」に書いてくれた事もあったように記憶しております。俳句の方は熊本の高等学校に居る時分に、その地の多くの俳人と一緒に作った句を私の下に送って来て、批評をして返した事もあったように覚えております。東京に来てからは、余り俳句の方は熱心にはやらなかったのでありますけれども、それでも時々作っておりました。今広島の控訴院の検事総長になっておる柴浅茅などが、まだその時分は大学の学生であって、帝大俳句会を根津神社の境内にある貸席で催した、其席に漱石も出席したことがありました。漱石は、俳句はやはり子規にすすめられて作ったのでありましたが、高等学校の教師として又大学の講師としての余技として作っておったのに過ぎないのでありますから、その俳句は、子規とか私とかいうものに見せて批評を乞うといったような有様でありました。

漱石との往来

子規が亡くなった後、駒込の林町に住まっている時分に、私は最もよく漱石の所に出入しておりました。それは漱石が謡を稽古しようということを申しました為に、私の紹介した謡の師匠について稽古を始めるようになり、自然私も一緒に謡うというような機会が多くなりましたのと、又一つは漱石を引っぱり出してお能を観に行ったり芝居を観に行ったりするような機会も多くなってきたのでありました。その頃私は国民新聞に関係しておりまして、国民文学という一つの欄を設けまして、それに鞅掌しておりましたので、可成り多忙な位置にあったのでありましたが、それでも漱石の所はよく訪問しておりました。前に申しました「吾輩は猫である」は其時分に出来たのであります。

漱石は、私の書く小説などには常に眼を通しておりまして、好意ある批評を絶えず送ってくれて激励することを怠りませんでした。その点、私は最も徳としております。漱石が一番私に密接な関係をもったのは、この時代であったといっていいのであります。

有名になった漱石

その時分に漱石の所を訪問する者は、小宮豊隆とか、鈴木三重吉とか、安倍能成とか、森田草平とかいう人々はまだ出てこない時分でありまして、其時分大学生でありました寺田寅彦一人ばかりでありました。私の外はこの寺田寅彦が訪問するくらいのものでありました。

それから後の漱石は、社会的にも有名になって参りましたし、やがて朝日新聞に籍を置くようになりまして大学の教師は罷めるようになりました。同時に朝日新聞の外には筆を取らなくなりました。そして居を早稲田南町に移したのでありましたが、その時分は前に申しました鈴木三重吉、小宮豊隆、野上臼川、安倍能成、森田草平などが盛んに出入するようになりました。漱石の門戸は最も賑わって参りまして、昔に比べると大変な相違となって参りました。又漱石は「ホトトギス」には筆を取らなくなりました。その門戸は大勢の人々で賑やかになってくるという有様でありました。私は又再び俳句に立戻って、その方に専心しなければならなくなって参りました。それ等のいろいろな原因から、漱石との交友は昔の如く繁くはなくなって参りました。

漱石の人格

漱石が松山に居る時分に、私に話した事がありました。自分の目的は、完全な人間になるのにある、という事を申しました。完全な人間というのは、どういう事かと反問しましたら、漱石は、道徳的に完全な人間になる事をいうのである、と申しました。どういう意味だかという事が私にはまだ詳しく合点がいかなかったのでありますが、とにかく漱石という人は紳士でありまして、世のいわゆる道学先生といったようなものとは質を異にしておりましたが、曲った事、曖昧な事、うそが嫌いで、心の底から透明なような感じのする人でありました。後年の作品などと照し合してみまして、そういう事をいった事が頷かれる節もあるのであります。初めは、創作家になろうというような考えは少しもありませんでした。学校の教師として子弟を訓育する事に専らになろうとしておったのでありましょうが、だんだん教育者というものの態度に慊らなくなり、仲間と相容れなくなりまして、遂に文壇に立つ事が、中で最も自分に適した事と考えるようになって、弊履の如く大学の教職を棄ててしまったのであろうと思うのであります。

その神経衰弱になった時分のことでありますが、漱石はある親戚の人の借財を自分で負わなければならんような破目に立至りまして、それは不愉快な負担であったろうと思うのでありますが、その事もいくらか病気の原因をなしたものかと考えられます。同時に又大学の教師というような報酬の少ない仕事を去って、文筆というような比較的報酬の多い仕事に携わるに至った原因となったのではないかと考えます。

二人の先輩

私と子規との交友も、終始美しい感情の上にのみ支配されたという事は出来ないかもしれません。お互いに人間である以上、ままままずい感情の起った事もあるのでありますが、しかし今日から振りかえってみますと、子規の人格から受けた影響は、やはり大きなものがあるのでありまして、子規の魂はやはり私を支配しているといってもいいと考えるのであります。漱石の影響の方はそれほど大きなものはないのでありますが、しかしやはり私にとっては、二人の先輩として子規と漱石を見ておったという事が偽りのない告白であるといっていいと思います。それは、世の中で有名になって以後の漱石ではなくって、それ以前の漱石であるといっていいと思います。上部に表われた影響は、小説を作るようになってからの、好意ある批評にあったといってもいいのでありますが、それよりもむしろ、冥々裡に私に好影響を与え、よき感化を与えたのは、それ以前の漱石であったように考えます。世の中で持て囃されるようになった漱石ではなくって、失意という程ではなくっても、世の中に余りチヤホヤいわれなかった時分の漱石の方が、沈んだ、しかしながら重々しい影響を私に与えておったかと考えるのであります。ともかくも、子規、漱石の二先輩は私の為には光ある存在であったのであります。

四方太との交遊

坂本四方太と私との交遊について少し話してみようと思います。同じく京都の第三高等学校に籍を置いておったのでありますが、京都に居る時分は、私は充分に記憶になかったのでありました。仙台の高等学校に転校するようになってから、前に一寸申しましたが、大谷繞石と二人で碧梧桐と私との下宿を訪ねて参りまして、俳句を教えてくれないかという事を申したのが、初めて四方太というものを知る事になった初めであります。しかしその原稿は、私達が見るよりも、子規に廻して、直接子規に教えを受けるが良かろうといって紹介してやりました。それから以後は子規の薫陶を受けたのでありました。

大学を出てから繞石の方は、地方の高等学校に歴任しておりまして顔を合す事が少なかったのでありました。四方太の方は私立学校の教師をしておりましたが、後に司書になりまして、大学の図書館に勤務するようになりました。自然私等仲間の交友は頻繁になりました。「ホトトギス」というものをやっている上においても、四方太との交渉はだんだん多くなって参りました。四方太の文章は、落語調という言葉を用いるのは少し不穏当かもしれませんが、しかしながら、滑稽を主とする特徴を持ったものでありまして、その点が子規の共鳴を得まして、子規も四方太の文章を推奨する事が多かったのでありました。

「山会」の朗読

山会と称えるのは、子規が文章には山がなければいかんという事をいったのが初めで、文章会の事を山会と称えるようになったのでありますが、その山というのは、主として滑稽な事が多かったのであります。たとえば、各々自作の文章を朗読するのでありますが、その朗読する時にあたって、聞いている者が、覚えず噴き出すといった、それが恰も落語家が高座に上って話をする時分に、聴衆がドッと笑う、その笑うところが即ち話に山がある。その落語の山のような山が、文章にはなければならん、という子規の主張であったのであります。必ずしも滑稽に限ったことはないのでありますけれども、しかしながら滑稽な方の文章に、その山が目立つ。又子規も落語は大変好きでありましたし、四方太も落語の愛好者でありました。その点、二人の嗜好が一致しておりまして、この落語の山というところに、共通の趣味があったものですからして、山会の文章は、やはり滑稽なところに重きを置くといったような傾きがあったのでありました。四方太も心得たもので、自分の文章を朗読する時分に、山のところにくると、少し読むのを止めて一座の様子をうかがっている。そうすると笑いが座中から起ってくる。四方太もやや得意になって、次を読み始める、といったような工合でありました。

山のない文章

私の文章などになると、その山というものが全くないのでありまして、殊に人を笑わすといったような手際は、到底四方太に及ばなかったのであります。今尚「ホトトギス」で毎月催している文章会は、やはり山会という名前を用いておりますけれども、しかしながら私の書く文章には、山というものは余りないのであります。四方太や子規の称えているような山というものはないのであります。強いて名前をつければ、谷というようなものはあるかも知れないのであります。谷もないかもしれませんが、谷のようなものがあることを念願しております。読み過して後に何か心に残るものがあるというような事は、私の絶えず心掛けているところでありますけれども、それは少しも読む時分に山と感ずるものではないのでありまして、感じからいえば、むしろ谷という方が適当しているような心持がするのであります。併し、やはり山会の名前は今日でも子規の遺物の一つとして尊重しているのであります。

対蹠的な存在

四方太はまた座談が巧みでありまして、病気で寝ている子規の枕頭に行きまして座談をする時分には、何時も子規を笑わしたものでありました。しかしそのいう事にも、する事にも無駄がなく、自分を守ることが堅固でありましたから、病床の子規を笑わして慰めるというようなところは優れておりましたが、しかし子規を心から慰めて親しましめるというようなところは欠けておったかと思います。その点は、総ての事に不用意でありました私とは、対蹠的の存在でありました。

子規歿後は、四方太と私との交友は一時頻繁になりました。それは主として文章の方面でありまして、写生文というものを、子規の志を継いでやって行きたいという考えは、両人とも一致した考えでありました。

晩年の四方太

晩年の四方太は、「夢の如し」という幼時の回想を書いた文章を、長く「ホトトギス」に連載しました。これは、夏目漱石の崛起に刺戟されて書いたものかも知れませんが、四方太の文章の中では、比較的長いものでありました。が、四方太のいわゆる山と称える滑稽なものではなくって、やや小説がかった回想の、甘い味わいを主としたものであったかと思います。不幸にして心臓を悪くしまして、或は腎臓であったか、はっきり覚えませんが、大正六年に亡くなりました。

その枕頭に病気を見舞った時分に、談が写生文の事に及んだ時に、四方太は口を極めて世間を罵って、写生文が文壇に与えた影響というものを、世間が無視するといって憤慨しておりました。文体を改める事はもとよりの事、空虚な、浮華な昔の文章を改めて、今日のような文章に導いたものは、全く写生文である。夏目漱石の文章にしたところで、それは写生文あって初めて此処まで来ったものである。世間は徒らに漱石を謳歌して、我等の写生文を無視しておる、頗る不埒だといって、口を極めて罵倒しておりました。私は、その憤慨には同感でありました。しかしながら、それほど憤慨しなくとも、自ら世間には分る時が来ると考えておりました。それから間もなく逝去したのでありました。

公平な世間

この序にいっておくのでありますが、私は浅井忠という人のいった言葉を何時もこういう場合に思い出すのであります。それは世間は存外に公平なものである。自分が世間に認められないといって憤慨するには当らない。自分がそれだけの仕事、尽しただけの功績は、何時か認めてくれる時が来るものであるという事をいった事であります。これは私も同感を表する言葉でありまして、それほど憤慨するには及ばない。また、齷齪とそれを苦に病むにも当らない。自分がしただけの仕事は必ず何等かの報いがあるものである。世間は公平である。決して不公平ではない。ただ、その認められる事の遅速はあるであろうけれども、何時かは認められるのである、と、そういう考えを持っていた、浅井忠の意見に敬意を表するものであります。

写生文と小説

「ホトトギス」を自分の手でやるようになった二十五歳の頃から写生文と称える文章を始めるようになって、ようやく向う所が定まってゆくような心持がし始めたのでありました。そうしてその写生文が、小説というような形になりはじめたのは、「風流懺法」、「斑鳩物語」、「大内旅宿」などであるかと思います。

虚構を加えず、事実ありのままを写生してなお小説になるかということは、非常に難しい事でありまして、事実を写生した面白味というものと、小説の面白味というものは、大概の場合相違しておるのであり、むしろ反対の立場に立っておるといっていいのでありまして、又写生文を書く人は小説を書くのが拙いし、小説を書く人は写生文を書くのが拙いというのも事実であります。この両者は、全くいき方の違ったものであります。それにも拘わらず、ある場合になりますというと、両者が一致しまして、写生文であって尚小説になっているというものが出来る場合があります。「大内旅宿」、「三畳と四畳半」、「杏の落ちる音」の如きはその場合でありまして、事実を少しも曲げずに其ままを写生したのであります。

しかし、「風流懺法」の前半とか、「斑鳩物語」の主人公とかいうものになりますというと、これは全く架空の人間でありまして、ただある人の言動とか、ある場合に見聞した景色とかいうものに衣裳を着せて、架空の人物を描いたのであります。

これ等は短いものでありましたが、少し長いものになりますと、そのまま国民新聞紙上に書きました「俳諧師」と、「続俳諧師」の二つがそれに当ると思うのであります。この二つの如きも、主として事実に重きを置いたといってもいいのでありますが、しかしながら又、良い加減に人物や事柄を作り上げたといっても良い部分が可成り多いのであります。

事実を偽らずに

子規は、事実を偽る事は非常な不徳だとさえ極言しまして、事実を偽らずに正直に書く事を鼓吹したのでありました。事実を書いた小説というものは、何時までも飽きが来ず、それは人の正直な話の如く、一種の力を持って人に迫ってくるものがあるように思います。架空の人物などに写生の衣を着せて、中途半端の作物になりますというと、いわゆる嘘半分の話になりまして、それを聞いた当座の感興は多いようでありますけれども、しかし後になってみますというと、やはり嘘という痕跡が残りまして、人に迫る力が薄いように思います。写生文から発足した小説というものは、矢張り事実を偽らずに書くという方針で何処迄も進むべきものかと思います。併しこれは小説としての小説というものとは別問題であります。

「朝鮮」と架空の人物

その後、朝鮮に遊びまして、「朝鮮」という小説を書いた事があるのでありますが、これも、片々たる事実は実際に見聞した事を書いたのでありますけれども、その中に出てくる人物は、大概架空なものでありまして、いわば、私自身が種々な人間になって言動したといっても良いものであります。終りに近づくにしたがって、私の興味はだんだんと増してきまして、架空の人物をして好き放題な事をいわしむるという傾向すらあります。そこになると、事実という事に又問題が生じて来まして、そういう事も亦、ある事実として認めるべきではないかという問題が起ってくるのでありますが、それは写生文というものとは切り離して考える方がよいのでありましょう。

「柿二つ」と「落葉降る下にて」

それから又後になりまして、「柿二つ」というものを書きましたが、これは、正岡子規の事を忠実に書いたものであります。しかし、子規と自分との関係が自然に出てくる為に、非常に書き難いところがありまして、筆が縮まった傾きがないでもないのであります。しかし何処までも忠実に書くつもりで書いたのであります。それから又後になりまして、「落葉降る下にて」というものを書きましたが、これは形は写生文の如く見えますけれども、全く架空の小説であります。

今日の写生文

その後は、全く小説に筆を絶ってしまいまして、写生文に立戻ったといっても良いのでありります。しかし、「風流懺法」などを書き始める前の写生文と、今日の写生文とは一つの違いがあると思います。それは、古い写生文は、事柄に興味を持って書いたものでありますが、今日の写生文は、事柄というものには全く重きを置かない、作者の心に重きを置いている点が違っていると思います。私はこれを俳文と呼んでおります。事実を偽らずに写生するという事は、以前と少しも変りがないのでありますが、ただ事実そのものに興味を持たないで、作者の心の側に重点を置くという事が相違しておるのであります。

此の五十年間は俳句が表になって文章が裏になっていますが――但し大正の初め四五年間は反対ですが――俳句と文章とは一生私に附き纏っていて離れることが出来ません。

常に対蹠的な碧梧桐

前に子規の枕頭にあっては四方太と私とは対蹠的な存在であったと申しましたが、碧梧桐と私とは、生涯を通じ、殊に年を経るにしたがって、総ての事が対蹠的になって来ました。二人が初め創作に興味を持って二人で手を携えてその方に赴いたのでありましたが、私が俳句の方で主観的傾向の多い句を作るようになりますと、碧梧桐は客観的の句を作る方に傾いて行くようでありました。それのみでなくて、碧梧桐の句が華やかな調子のものを尊ぶ傾向が著しくなって参りますと、私は質実な句の方を好むといったような風になって参りました。総ては性格に基準するものでありましょうけれども、二人が並び立っているというような関係から、片方がプラスの方に傾くと、片方がマイナスの方面に傾いて行くといったような按配でありまして、その傾向が常に相反するような有様でありました。殊に、漱石、四方太などと共に文章の方に力を注ぐように私がなりました時は、碧梧桐はその方に意を絶ちまして、専ら俳句の方に携わるようになって参りました。私が東京に留まって、「俳諧師」とか、「続俳諧師」とか、「風流懺法」とか、「三畳と四畳半」とか、「落葉降る下にて」とか、「柿二つ」とか、「朝鮮」とかいうものを書いている時に、碧梧桐はあまねく日本国中を遍歴しまして、俳句の行脚をするといったような事になりました。それからその俳句の傾向が、だんだん新しい方に向いて参りまして、新傾向と自ら称える一種の調子のものを作るようになりました。遂にそれは、従来の俳句の形を破ったものとなりまして、今日では自由律とか内在律とか称えて、碧梧桐の弟子たちによって守られているところのものが、それであります。碧梧桐は、更に新しいところに足を踏ん込もうとしまして、遂に自ら自分の行手に絶望を感じたものか、そこのところは詳しく分りませんけれども、俳壇を退くと宣言しまして、それ以来、俳句界の事には関係しないというような立場に立ちまして、二三年経過している中に、遂に病気になって亡くなったといったような有様でありました。私は又、碧梧桐は新しい傾向、新しい傾向と、とてつもない方に歩みを進めて行くにつきまして、それは好ましからぬ運動であると考えまして、俳句は伝統を尊ぶ文芸であるという立場から、その新傾向に反対しまして、今日まで来ているのであります。そんな風に、総ての点で常に反対の行動を採って来たのでありました。

子規庵の保存

又一つ、碧梧桐はその全国行脚をしております時分に、伊勢の松阪で、本居宣長の住まっておった鈴の屋ととなえる家が保存されていまして、今日旅人がその跡を訪ねますというと、一種の感じに打たれる点に大変心をひかれまして、その後東京に帰った時分に、その事を友人間に話しまして、子規の遺稿も保存したいものだ、子規庵も元のままに長く保存したいものだという考えを持ちまして、子規庵保存会というものを作りまして、今日でも寒川鼠骨が専らそれを監督しているような次第であります。

私たちも、決してそれは悪いことではないと考えまして、その説に賛成しまして出来上ったのでありました。が、私は心ひそかに考えましたのは、子規庵を保存するという考えも良いのであるが、しかしながら、滅ぶるものは滅びしめよというような考えが、私の心の奥底に存在しておりまして、子規庵保存という事に、碧梧桐ほど熱意を持つ事が出来ずに、今日まで来ておるのであります。総てのものは百年、二百年、五百年、千年と経過する中には、遂に滅びてしまうものである。子規庵を保存するのも結構であるが、しかしながら遂に滅びる結果になるのではないかと考えます。その滅びるものは滅びしめよという事は、その時分に碧梧桐なり、鼠骨なりに、告白した言葉でありましたが、しかしながら碧梧桐の計画は決して悪いことではないのでありますから、それに賛成して、その保存会が成立して、今日まで来ているのであります。

新し好きの碧梧桐

今一つ碧梧桐との著しい相違は、碧梧桐は若い者のいう事に耳を傾ける、悪くいうと驚かされるという傾向が多かったように思います。それも、常に自分は若い者に遅れるという事を嫌っておったような傾きがあるのでありまして、何か新しい事をいう人があると、その説を受入れて、自分の傾向を一飛躍する、そういう点が著しかったように思います。それは、自ら自分を改良するというような、進歩的な考えであったともいえるのでありますけれども、私からみれば、余りに自分をなくしすぎると考えるのであります。新傾向という言葉で一括されていますけれども、その傾向というものは、度々変るのでありまして、初めの頃は、俳句の形は変えないで、刺戟の強い華やかな句を尊び、それを新傾向と称えておったようでありましたが、遂にそれは十七字を破壊し、俳句の重大約束である季というものを無視する句を作って、それを更に新傾向と呼ぶようになり、また最後はルビ附き俳句と称える、漢字に仮名をふって、その漢字の運ぶ意味と、仮名が運ぶ意味とが二様になるといったような句を鼓吹しまして、それを又新傾向と呼んでいたようであります。そう変って行くのが新傾向なのでありましょうけれども、それも常に碧梧桐に先行してそういった句を作るものがあるのでありまして、そういうものが現われるというと、碧梧桐はすぐそのもののいう事を採るといったような傾きがありました。これは最も進歩的な、過去に停滞しない傾向であるとして、或人には喜ばれたところのものでありましょう。

自己を守る私

私は、それとは反対に三十代の時分は三十代の自分が最も真実で、私自身としては正しいもので、四十代になりましたらば、四十代の自分が最も力強く最も正しいもので、五十代になった時には五十代の自分が最も真実であり、最も力強いものである、六十代もその通りである、こういう風に考えています。若い者のいう事にはさほど驚かないのであります。私が進歩的でないといって指弾される所以であります。その点でも碧梧桐と私とは全く反対の考えの上に立っておったようでありました。

周囲に集まる人々

碧梧桐と私とは、俳句に対する考えが違ってきたところから、自然交友も以前ほどではなくなってきた傾きがあるのでありますが、それというのも畢竟各その周囲に集まってくる人々が集団を作り、当人同士の間では格別疎々しくもないのに拘わらず、その周囲の人々の感情が、自然々々に両人の間を引離すようにして行く形になるという傾きがありました。これは二人の間にのみ起った現象ということは出来ないのでありまして、世間の多くの事がそういう風になって互いに分立していくものであろうと思います。

師弟関係の今昔

ところが、その碧梧桐並びに碧梧桐門下の関係というものも、弟子にあたる人が師匠に背き去るといったような状態になることが多いような傾きがあったのかとも思います。又、私の方でも、初めは私に追随して来ておった人も、背き去って別に派を立てるといったような傾きが多いという現象がありました。つまり、師と弟子との間が、昔のような師弟関係とは違って、三尺下って師の影を踏まずといったような、そういう古風な師弟関係というものは、地を払ってなくなってしまって、少し自分に考えが出来てくるというと、師の事も勝手に批判して憚らないといったような傾きが多くなってきました。それは私達が正岡子規に対する感じなどと比べてみると、そういう点の変り方が著しくなってきました。これは、碧梧桐や私なんかの徳の足らないということも一つの原因でありましょうけれども、しかしながら、その時分の社会の風潮というものが、自然にそうさせたといってもいいかと考えるのであります。近い例を採って申しますれば、坪内逍遥と島村抱月なんかの関係もやはりその一つであろうと思います。その他にもそういう例が沢山あるように思います。つまり弟子としても、師匠に頭から悦服しないで、師匠でも堂々とこれを批判するということが、見識のある行為であるような考えが強くなって来ておったという時代、その時代の自然の現われであったといってもいいかと思うのであります。

今後の師弟関係

この考えは、今日までなお続いて来ているのでありまして、昔の師弟の間柄というものとは、大変かわっているように思うのであります。これは私の体験談を申し上げるのに過ぎないのでありますが、今日の時世というものは、又やや当時の時世とは変りつつあるのではないかしらんというような気もいたします。昔の師弟関係と同じようになるものともいえないかもしれませんが、何処となく師弟の関係を厳なものにしなければならんというような考えが萌しつつあるのではないかしらんというような心持もするのであります。

これも、実際について私の考えを申し述べるのに過ぎないのでありまして、それがどういう結果になるかということは、今後に俟たなければ何とも申し上げるわけにはいかないのであります。

碧梧桐との私交

碧梧桐と私にしたところで、二人の間は決して私交までが疎々しくなったというわけではありませんでした。謡とかその他能に関するような事でも、しばしば出逢いもしましたし、私交は少しも変りませんでした。ただ、碧梧桐の、いわゆる新傾向句なるものが、だんだん形を変えてきまして、私の信ずる俳句というものとは非常に縁の遠いものになってきた時代には、二人が逢っても俳句の話をするというようなことは殆んどないようになりました。子規の法事の時分に顔を合しても、世間話はしますけれども、俳句の話はしない。又、旧友が会する時にも、外の話はするけれども、やはり俳句の話はしないといったような状態となって参りました。

子規の眼から見れば

けれども、ふりかえってみますというと、正岡子規なるものが存在しておって、その下に碧梧桐とか私とかいうものがあり、又一方には、歌の方では左千夫とか、秀真とか、節とかいう人があって、月日の経つ中にはだんだんその弟子ともいうべき人が成長して、各一家を成してくるという状態でありますから、子規の眼からこれを見れば、むしろ自分の俳句とか歌とかいうようなものが、だんだん派を生じて盛んになってくるというわけでありますからして、子規にとっては、満足な事であるかもしれんというような考えを、始終私は持っておったのであります。それで、私の下から分れて別に一派を立てるというような人が出てくるという事も、私は強いてそれを咎める気は起らなかったのでありました。

去る者は追わず

去る者は追わず、来る者は拒まずというわけで、私の不用意な、総ての事があるがままにあるといった性質が自然にそうさせるのでありまして、昨日まで同じ俳句仲間の一員として、懇ろな交際を続けておった者が、一朝にして背き去るというような事は、これまで度々経験したのでありますが、これを追おうというような考えは少しも起らないのでありまして、それを惜しむというような考えすらも起らないのであります。ああ、又去ってしまったのか、というような軽い拍子抜けのような感じがして、それを見送るのであります。又、それ等の人が再び戻って来て、元の如く交りを呈するとなれば、又元のような心持で、その人を遇する事が出来るのであります。そういうような有様でこの五十年間、俳句界にあって諸君と交友を続けてきているのであります。しかしながら、その交友するところの人々の性質に応じて、各々違った心持をもってそれ等の人に対するというような事は、自然私にもあるのであります。

私の信ずるところの俳句というものと相容れないような主張のものは、これは俳句の為に残念な事であるという考えが、一方に固くありはしますけれども、それと同時に、いまの子規の眼から見たらばというような考えは始終あるのであります。

目立たぬ実力

ただ此処に一寸遺憾に考える事が一つあるのであります。それは、何も知らない世間の人が、今日の俳句界を見渡してみた時分に、私達の近しい間がらについてみましても、右の如く別れ去った人々の方が世間には顕著に見えているのでありまして、目立たずに私の蔭にいて静かにやっている人は、たとい其の実力は充分にある人であっても、一向世間に認められない、という傾きのあることであります。そういう人は、世間的には野心というようなものの乏しい人々である為に、何時までも強いて世間に頭を出そうとしない、どちらかといえば尊い存在の人であるのであります。私にとっては其点が一寸残念に感ぜられるのであります。

しかし世間とはそうしたもので、そんなことはどうでもいいとしまして、今の若い俳人達、並びにその若い俳人達の先進を以て任じている人々であっても、正岡子規という人が出て、それが今日の俳句界の源を開いてくれた人であるということを、ややともすれば忘れ勝ちでありまして、俳句界は自分達が開いたものであるというような、漠然とした考えを持っているという、そんな傾きがないともいえないと考えるのであります。そういう本末を顚倒した考えを持っているという事は、頗る危険な事でありまして、今日の俳句界が偶然に生れてきたものではないという事を、静かに考えてみる必要があると思うのであります。此点をしっかりと考えておれば、自ら俳句界も秩序立って参りまして、自然正しく行くのではないかと考えるのであります。

俳句界の中心

私が種々の理由から、小説というものに縁を切りまして、再び俳句界に立つようになって今日まで来ておる年月は、三十年余りになるのでありますが、その過去を振返ってみますというと、碧梧桐が新傾向句を称えて、自ら好んで俳句界の中心をだんだんと遠ざかって行くに従って、俳句界の運行は自然私を中心にして行われるようになって参ったのでありました。私に附随して来る人々は勿論のことでありますが、私に反対する側の人々でありましても、私を中心にして動いているというような傾きがあるのであります。

前半生と後半生

俳句の五十年間を語る事になりまして、過去を振返ってみますというと、語る事は前半に多く、後半に少ない感じがするのであります。尤も後半の生涯に亙って委細に述べたてたならば、随分多くの事があるのでありますけれども、それは比較的新しい事柄でもあり、又私の生涯においては、余り大きな波動と見るべきほどのものでもないのでありますからして、語る事は自然少ない傾きがあるのでありまして、前半の時代の方に語るべき事が多かったような気持がするのであります。

晩年の碧梧桐

殊に碧梧桐が俳壇を退き、間もなく病歿するようになった後は、落莫の感じを免れないのであります。碧梧桐は、私の親友でありました。俳句の傾向が異るようになりましてから、自然々々交友が以前ほどではなくなりまして、疎遠になり勝ちでありましたけれども、心の中ではこの故人を思うの情は、少しも以前とは変りませんでした。碧梧桐も亦恐らくそうであったろうと思います。私がフランスに遊んだ時でも、碧梧桐は、わざわざ船まで見送ってくれまして、旅行中の注意を与えてくれた事もあったのであります。それから帰った後の、子規の三十五年の法要に列した時に、強いて私に先に焼香する事を勧めたという事も、何となく心をひかれる一事でありました。別に焼香順がどうのこうのというわけではありませんが、頻りに私に先に焼香する事を勧めたという事は、今迄にない際立った事であった為に、不思議に私の頭に残っておるのであります。碧梧桐と私は不幸にして違った俳句の道を歩んだともいえますが、一方からいえばそれが俳句界をして華やかならしめた原因であるともいえるのでありまして、又私の生涯におきましても、碧梧桐あるが為に、又碧梧桐は私があるが為に、お互いに華やかな道を歩んで来たともいえるのであります。

話下手の私

私は子供の時分は、無邪気に人と話をする方でありまして、自分の思った事は何でも人にいうというような風がありましたが、少しく大きくなってから、私は話が下手になって、自分の思う事が充分にいえないばかりか、言葉が不鮮明であって人が聞き取り難いであろうというような事を意識するようになってからは、余り人前で喋らないようになって参りました。したがって今日まで、人と樽俎折衝をする事、人と議論をする事などは、殆んどないといってもいい位でありました。樽俎折衝をする事、並びに議論をする事などは、頭から敗北する事と心得て黙ってしまうといったような傾きであります。世間に座談の雄といわれるような人がありますが、そういう人は、極めて面白く座談をしまして人の心をひきつけ、その話術の興味で人の心を捉えるという事に巧みな人があるものでありますが、それとは全く反対で、満座の人の中でも、ただ沈黙を守っている、話しかけられれば返事をするという事位でありました。止むを得ずものをいう場合も、口が吃ったり、充分に意志を発表する事が出来なかったり何かして、座中の人々の興味をひかないばかりか、不愉快な感じを与えるという場合が多いし、又自分も不愉快になるという結果にもなるものですから、なるべく黙っているといったような事がだんだん習慣になって参りまして、客に対しても主ぶりが下手だとか、又、人の客となった場合でも客ぶりが下手だとかいわれる傾きが多いのであります。

横綱の土俵

それかといって、人と争うという場合に負ける事は嫌いである。これは誰でも共通の事でありましょうが、私もやっぱりおめおめと人に負ける事は好まない。それで眼のあたり人と争わねばならぬ場合は黙っている。しかしながら、何時かその人に勝つ時が必ず来るという期待を持っている、というような性質が養われて参りまして、争った人とは何時か勝負のつく時があるであろうと思われて安心しているというような、男らしくないといえばいえない事もない、余り快活でない傾向が自然に養われてきました。しかしながら私はそれを弁護して、横綱が土俵で勝負を決する場合は、自分の声で立つという事は滅多にしないで、懐を開けて、敵の攻撃を充分に待って、敵が充分に喰い下って来た場合には、二三歩退くくらいの事はあっても、土俵際でがっしりと受止めて、遂には勝を制するものである。その横綱の立合いの呼吸で人に対するのだ、という事をいって、男らしくないとか、陰険だとかいわれる事を弁護しているのであります。そういった心持で俳句界にも立っておりました。

攻撃に対して

俳句界にも幾多の人が出て参りました。其等の人は概ね私を目標にしてぶつかって来るといったような人が多いように見受けたのでありますが、併しながら、その人々も口頭を以て攻撃する場合でも、筆陣を張って攻撃する場合でも――先には口を利く事が拙いためにという事を申しましたが、筆の場合でも同じ事であって、筆を取って人に対して弁論するという事も余り得意ではないのでありまして、それの方もどちらかといえば不精の方でありまして、争いなどに時間を費すのは愚かな事であるというような考えを持ちまして、筆で攻撃して来た場合でも、それに対する駁論を書くというような事は余りしませんでした。口先の争いにしましても、筆で書く弁難の文章にしましても、余り好まない方でありまして、黙ってその経過を見極め、併しながらその争いには決して負けないという自信を持っておりました。何時かは勝つ時が来るというような考えを持って、黙って居るといったような態度を持ってきた事が多いのであります。これは、私ばかりでなくって、大概の人がそう考えるものかもしれませんけれども、私の場合であっても、やはりそういう結果になるような心持がしているのであります。

自己の主張に対する信念

しかし、互いに相争う勢力が二つ存在している場合に、一方の勢力を代表している人が若死をする。他の勢力を代表している人が長生きをする。この若死をした方は、長生きをした方には、大概の場合勝てないのであります。それは、必ずしも長生きをした方が立派なものであるからして、そうなったとはいえないのでありまして、その点は大いに考えなければならぬ事であります。即ち、死という事の為に勝敗がついたのでありますからして、これは立派な勝といって威張る事は出来ないのであります。私が申します、何時かは勝負のつく時があるであろう、というその時が来ない中に、死んだのでありますからして、これは先ず問題外としなければならないのでありましょう。

勝ち負けの事をいうのは、大人気ない事になるのでありますけれども、勝ち負けといったのは、卑近な言葉を使ったのでありまして、自分の信ずるところ、自分の主張するところは正しいものであるという考えに立っておりますところから、俳句界に興った種々の論難に対して、おおむね弁難しないで参りましたけれども、しかしながら、今日に至っても尚、私の信ずるところ、私の主張するところは正しいものと考えておる、という事を申し上げたいと思っていった事であります。必ずしも勝ち負けという事に重きを置いていったわけではありません。しかし、私を論難する人は、絶えず起ってくるのであります。今日でも、年のいった俳人として立っている為に、新しく起ってくる俳人達は、皆私を目標にして、標的にして論難の鉾を進めるといったようなわけでありますからして、そういう人が入り代り立ち代りして私に対して来ることは、むしろ当り前の事でもあるし、又健気な人々の行為として、むしろ愉快にそれ等に対しているのでありますが、しかしながら何時かはそれ等の論難が自ら消え去ってしまった後に、私の信ずるところのものが残るばかりであると考えているのであります。

ヨーロッパの旅

多年日本郵船会社の機関長を務めていた上ノ畑楠窓という人が、俳句を熱心に作っておったのでありますが、その人が欧洲航路から帰ってくると私の所へ来て、一度ヨーロッパの方に旅行してみないかという事を何時も勧めるのでありました。その他、高野素十なども、ぜひ一度西洋に行ってみたらよかろうという事をかねがね勧めておりました。ある時、又、楠窓、素十両人が落合った事がありまして、その折に、私の外遊を勧めたのでありました。丁度その時分に、武蔵野探勝と称える俳句会が多摩川のほとりでありまして、その話が出たのでありました。私は戯れに、それでは多くの諸君がもし行く方がいいというのならば行ってもいい、又多くの諸君が行かない方がいいというならば行かない事にする。どちらでも、諸君の意志のままに動こうという事を申しましたら、その俳句会の後で、主な人々が赤星水竹居邸に集まって、評議会といっては仰山でありますが、とにかく話をする事になりまして、その席上に楠窓、素十の両君も列席しまして、とにかく行ってみるのもよかろうという事になったので、それならば行ってみる事にしようといって、きまったのでした。そんな事の為に、格別用意もしていないので、準備などをする時間もなかったのですが、楠窓君の乗っている箱根丸が近々に出るというので、その船に乗って行く事になりました。楠窓君が万事面倒をみるというので、一に楠窓君の世話になるつもりで出掛けました。それで、帰りはアメリカの方を廻って帰るつもりでありましたが、都合によってやはり帰りも印度洋を通って帰る事になったのですから、往復共に箱根丸でありまして、楠窓君の世話になって帰ったのです。

その旅行の目的というようなものは、殆んどなかったのでありまして、ただ私は船の寄る所の土地の人々の生活状態を見てきたいという、それだけの考えでありました。それから、もし何処かで俳句というものについて質問を受けた場合には、俳句とはこんなものであるという事を説明してもよい、というだけの考えを持って旅立ったのでありました。上海とかシンガポールとか、コロンボとかアデンとか、そういう所に船が寄る度に、その土地の人々の生活している状態というものは、充分に私に満足を与えてくれました。マルセーユに上陸して、パリーに行って、それからベルギーに行き、ベルリンに行って、オランダを通過して、ロンドンに行って、又パリーに帰って来たその間に見聞したところの、それ等の国の人々の生活の状態というものも、亦私に満足を与えてくれるものでありました。それからパリーとかベルリンとかロンドンとかいうところでは、此方から少しでも求めたのではなくて、自然に其土地の人々から私の俳句についての話を要求されたのでありました。ベルリンでは、ベルリン大学の日本語学科の教師や生徒達が、俳句の話を聞きたくて要求を持ち出しまして、日独協会の会長であったベンケという人々を初めとして多くの人々の集まった中で俳句の話をしました。それから、ロンドンに渡りますというと、私が行くのを待ち受けていまして、ペンクラブが会合を開いてくれました。その時分に、諸国から来ておる人々も一緒に歓迎を受けたのでしたが、私を主賓として取扱っておりました。そのペンクラブの人々の前で、又俳句の講演をしました。それからパリーではボーカンスという人がいまして、その人は多年 Haikai と称えているものを作っている人でありまして、これは無論日本の俳諧を移したものでありますが、もう三十年ばかり俳諧作者として、あちらの詩壇に名高い人でありました。その人の宅に招かれまして俳諧の話をいたしました。それから又別に、俳諧作者を主とした詩人の会合が牡丹家というすき焼をする日本の料理店で催されました。そこへ私は招かれて行きまして、俳句の話をいたしました。その時には、日本から俳句というものをフランスに、パリーに移植したというクーシューという博士も居りました。その人が日本に来て初めて俳諧というものを知って、そうして、パリーに初めて俳諧と称える詩を鼓吹した人でありまして、そんなことをいたしまして、私が一番に外遊の目的としておった、人々の風俗や、生活状態というものを、あらまし乍ら知る事が出来たという満足と同時に、又私がもしかしたらば、そういう要求があるかも知れんから、あったならば俳句の話だけはしてもよろしいと考えて参りました。俳句というものを話すという機会が、ベルリン、ロンドン、パリーの三ケ所で自然にめぐって来たという事にも、満足を覚えて帰ったのでありました。

希望の達成

大概の人々が外遊する場合には、何等かの知識をそれ等の地方から得て来ようというつもりで行くのでありますが、私はそういう考えは少しもなくて、もし向うの要求があったらば、俳句というものの知識だけを向うの人々に与えて来ようというような考えでいたのでありました。それは威張った意味ではなくって、年を取っても居るし、何か学ぼうとしたところで仕様がない。それよりも、私の多年携わって来た俳句というものについて、何等か人々に教える機会があるのならば教えて来てもいいと考えて、出かけて行ったのでありました。極く短い旅行でありましたから、大した観察も出来ないし、大した講演も出来なかったのでありますが、先ず一通り私の希望通りの事はなし了えて帰って来たのでありました。

日本独特の俳句

その時分に、私は俳句というものを外人に説明する場合に、一番俳句の大事な事であって、肝要な事であって、そうして外人の頭に入りにくいものは、季題という事であると考えまして、これを外人に如何に説明したならばい丶だろうと考えたのでありました。それは結局日本の風土の、春夏秋冬四季の移り変りが最も正確であって変化に富んでおり、又日本の山川、谿谷、山嶽、平野、長汀、瀑布等の変化も著しい、即ち横の変化から申しますというと、山があり谷があり湖があり瀑布があり、長汀曲浦があり、白砂青松があり、それ等の変化が極めて多い。大陸のように単調なことはなくって変化が多い。横にはそういう変化がある。又縦には気候の変化でありまして、非常に暑い夏があり、非常に寒い冬があり、それに挟まって気候の快適な春、秋があり、その間に花鳥風月から生活の上にも常に変化がある。この恵まれた自然の変化というものは、恐らく世界の中においても日本ほど恵まれた所はないかも知れぬ。実はそういう事も西洋に行って見て来たいと考えたのでありましたが、少なくとも私の見た所では、西洋の、その英独仏あたりに比べますと、日本の方が変化が著しく、そういう点の天恵がある所からして、国民の四季に対する感じというものは極めて強い。殊に風景に対する関心が極めて多い。それがつまり風景美であり、四季の変化をうたうのを専らにしている俳句というものを生んだ原因であり、即ち日本独特の詩である。これは世界に稀にあって僅かに存するところの詩である。そういう俳句というものを、日本の多くの人々は好んで作っておる。殆んど日本の人口の何百分の一という極めて多数の人間が俳句を作っておる。少なくとも、俳句を解しておる。その、日本独特の俳句というものの最も肝要な所は、つまり季というものに対する関心であるという事を説明したのでありました。果して西洋人の頭に、その季についての感じが理解されたか理解されないかは分らないのでありますけれども、話す事は話しておいたのでありました。

俳句の翻訳

尚、帰って後も私は、この季感というものを充分に説明しようと思いまして、若干の俳句を翻訳して説明し、それを「ホトトギス」に毎号掲載する事にしてきたのでありました。現にフランスなどでは、この季という問題に触れて、多少議論もしたのでありましたが、どうもフランスあたりでは充分に季という事は分らないのでありまして、それもその筈で、丁度四月の頃でありまして、春の一番よい気候でありましたが、日本の春とは大分かけ離れたものでありまして、杏の花や林檎の花やなんかは咲いているのでありますが、日本の春のような感じはないのであります。現に日本の桜の花も向うの方に移し植えられ、ベルリンとかロンドンとかいう所でも、桜の花も咲いておったのでありますが、桜の花が咲いておりながら、桜の花の感じというものは日本の花とは違っておったのでありまして、したがって西洋人の感じというものは、少しもそういうものに及んでおりませんでした。その他、花鳥草木の類に対する感じというものは、日本人とは大変な相違がある事を感じました。それ等の人々をして、日本人の如く花鳥草木に関心を持たす事が出来たならば、どれだけ向うの人が幸福になるか分らないと思いまして、私は極力その事を説明してみたのでありますが、なかなか容易に理解が出来そうもありませんでした。それも日本の如く、自然の風物が豊でない為に自らそうなるのかも知れぬと思いました。

その後、ボーカンスとも長く文通をしておりましたけれども、戦争が起ったりしまして、此頃は果して生きているのか死んでいるのか、それも分らない状態でありまして、手紙をやっても返事が来ないし、又雑誌を送っても着いたか着かないか分らないというような状態であります。しかしながら「ホトトギス」に載せております翻訳は、全く無駄な事でもないようでありまして、その後モロッコに居るフランス人から手紙が参りまして、「ホトトギス」の翻訳を読んだという事をいって参りました。そして又、Haikai と称える所の詩を送って来たりした事もあるのであります。そういう風に、何処かに一粒の種が地上に落ちて、そこから芽が出ないとも限らないと思うのであります。私の講演なり、その後の雑誌に書く事なりからして、何処かの隅っこに居る、何処かの一人二人に影響を与えて、俳句本来の性質と季というものの価値というようなものを認めるものが出て来ないとは限らないと考えておるのであります。

日本俳句作家協会の結成

今度の支那事変（日中戦争）が始まってから、自然の勢いに動かされまして日本俳句作家協会というものが誕生するようになりました。これは初め私は首称者ではなかったのでありますが、他にそういう事を発起するものがありまして、又官辺からもそういう事を促すような機運がありまして、遂に私も相談を受けまして、私が出なければ話が纏まらないというような説もありましたので、甚だ不慣れではありますし、又不得手でもある私でありましたけれども、遂に起ってそういう会を結成する事にいたしました。ただ難しい問題は、私は以前から季題というものと十七字という形という事は俳句の二つの大きな約束である、これを一つでも破ったもの、即ち十七字でない句を作ったもの、又季題というものを無視したもの、それ等は俳句でないという立場に立って居るのであります。ところがそういう風な、即ち自由律とか称えておった一派の人々、それは俳句作家協会を結成するにあたりまして、内在律という風に称呼を変えるようになりまして、その内在律とか自由律とかいうものの方は私は俳句でないとしておったのでありました。ところが、官辺あたりの意向は、とにかく大きく一纏めにする必要があるのであるからして、それ等もやっぱり俳句の中に込めてくれなければ困るというような意向のように伺いました。それも解釈の仕様でありまして、それ等の自由律とか内在律とか称えるものも、元は十七字俳句を作っておった人々であるから、そういう人々が従来の形を守っている俳句では不満足であるとして、新しく出発してそういうものを提唱するようになったのであるからして、大きな眼でみて総てそれ等を俳句というものに一括するのならば、川柳と称えるようなものも、これは元俳句から出たものでありますからして、やはり俳句の中に一括したらいい。その他、俳句から出発したものは悉く俳句という縄張りの中のものとしてこれを一括するという事も亦一見解であるともいえるのであります。そういう立場に立って俳句作家協会を結成するという事も亦一つの見解であると考えまして、それで第一部、第二部というような制度を設けまして、第一部は俳句、第二部にはその他のものといったような風にしてもいいと考えまして、そういう風な形の下に結成したのでありました。結成してみると、もともと同じ畠に育った人々でありますからして、自ら相通ずる所もあるのでありまして、極めて円満に今日まで来ているのであります。しかしながら、俳句というものはこういうものであると説明するような場合になりますというと、どうしてもそこに見解の相違が生じてきて、それはどうも止むを得ないのであります。これは、一応こういう風に結成されましたけれども、今後はどういう風になるものであるか、それは爾来の問題として残しておくばかりであります。

国家に対する俳人の務め

要するに、日本俳句作家協会なるものが出来まして、国家に対する俳人としての務め、殊に今日のこの場合にどういう心組みを持っておったらよいかというような事は極めて明白になりまして、俳人が皆一致して行動するという事は明らかになったのでありましたが、今度更にそれが一層又大きなものになりまして、文学報国会という名前になりまして、そういう会が、新しく何々会とか又何々局とかいうところの人々の指導の下に結成される事になりまして、文学者を打って一丸とする事になりました。今迄一年半ばかりの間、日本俳句作家協会が大過なく一応ここに終りを告げたということを満足に思います。

俳句の選

俳句の選をするという事は、私に課せられた所の重荷となってきたのであります。歌とか俳句とかいうものは、ただ作っているばかりでは進歩は遅いのであります。先進の人に見て貰って、この歌や俳句は良い、この歌や俳句は悪いという風に、巧拙を批判して貰わなければ、進歩しないという傾きがありまして、したがって選者というものが必要になってくるのであります。これは、選者無用論というようなものを称える人がありまして、選者がある為に俳句が停滞するのである、選者というようなものは必要はないという事をいう人もありますけれども、事実においてそういう考えで作っておったのではものにならないのであります。やはり、先輩の選を受ける必要があるのであるというところから、どうしても選者というものは必要なものとして、俳句界に存在しているのであります。

選者生活五十年

私が俳句に携わってから五十年、この選者というものをしてから今日までも殆んど五十年、随分長い選者生活でありますけれども、その長い間において選をして来たという事によりまして、この善悪良否を見分ける事は比較的たやすいのであります。したがって人々がみて、それほど沢山の句の選をなさるのは大変だというのですが、私当人にとってはその人が想像する程の苦労ではないのであります。又沢山の句を閲している中に、立派な句に逢着するというと疲れを忘れるのであります。丁度、沙漠の旅行者が泉地に逢着して勢いを得るのと同じような風であります。良い句に出合すという事は疲労を恢復するという事もありまして、疲労し又恢復し、疲労し又恢復するというような風で、それほどの苦労というものは嘗める事なしに選が出来るのであります。

日常の仕事

私は時々こういう事を考えるのでありますが、選をするという事は天が私に命じたところのものでありまして、これは私の責任であると、そう考えているのであります。また、こうも考えております。選というが、畢竟これは創作である。作者と手を握り合って、創作して行くのである。作者は左程の感興がなくって作った句であっても、私が見て面白い句としてそれを採るというような場合、矢張り自分が創作するのである、とそんな風に作者と共に創作をするというような気持で選をして行く事は又楽しい事であります。そんな風にして選をして来た数というものは、今日までどれ位の数に達して居るのでありましょうか、それは殆んど数える事が出来ない程の数に達していると思うのであります。昔の俳人にも随分沢山の句を選んだ人があるのでありましょうが、今日のように郵便というようなものが発達しておらなかった事ですし、又印刷というような事業が発達していなかった時代でありますから、それは多いといっても数の知れたものであろうと思います。印刷業が発達しまして、同時に郵便というようなものも発達した今日になりまして、大変な句が私の手元に集まって来るのであります。おそらく、私ほど沢山の選句をしたものは今日まではまだないであろうと考えているのであります。したがって選という事は私の日課となっていまして、飯を食うたり、睡眠を取ったりするのと同じような日常の仕事となっているのであります。

善悪良否の標準

良い悪いの標準になりますというと、一寸説明する事が出来ません。微妙な感じでただ良いと感じ悪いと感ずる、その感じのみで決して行くのであります。それを説明しようと思うと、かえって私には分らなくなってくるのであります。

文章の誘惑

私と俳句との関係は、切っても切れない絆となってしまった事は、前にも申した通りでありますが、それと同時に文章もまた、私の絆となって、一生附きまとってきているような感じがいたします。其事も前に申しました、馬琴の言葉ではないが、「糾える縄の如し」といったような関係で、文章と俳句は裏表になり、綯い交ぜになり、私の生涯に附きまとってきているように感じます。やはり小説とか文章とかいうものは、老年になった今日でも心をひくところのものでありまして、もし、他から強圧的に執筆を余儀なくせられるような場合があったならば、しばらく俳句の方は休んでも、その方に力を尽す時が来ないとも限らない、もしかしたらそういう時が来はしないかというような恐れが、往々にしてあるのであります。まったくこれは、私にとって恐ろしい事でありまして、今日の老齢になって何も好んでそういう苦しい立場に立たなくともいいのではないかという事を、自問自答するわけでありますが、それにも拘らず、そういう誘惑がもしあったならば、そうして筆を執るのに恰好な条件が具備して、大して私をその方から引き止める強力な障碍がないという事になれば、老後の思い出に、出来るだけの事をやって見たいというような心持もするのでありますが、そういう誘惑はなるべく避けて、今まで通りの俳句の道に携わって毎日を過していく事の、比較的平静な日常を冀っておるのであります。

後書き　再版に際して

この書物を出版して早、足掛け五年になる。その間の私の生活には格別の変化もない。国に大きな変動があったに拘らず、私の日常生活には余り大きな変化があったとは言えない。月に何万という句の選をしたり、諸子と共に句を作ったりする日常のことは以前と少しも変らない。唯信州小諸の山廬に移住したということだけが、多少の変化を与えたと言えば言えるのである。

終戦の詔勅を拝した時の心持は誰も同じものがあるであろう。わが俳句は従来踏み来った道を更に突き進んで行くより外に道がない。

解説　捨てつつ貫く――『俳句の五十年』

岸本尚毅

ニッチの成功者

あるテレビ番組のおかげで俳句も少し世に知られるようになった。だが本来はニッチな分野だ。「なにが世のなかで最も地味な為事かといつて、俳句文芸にたずさはるほどな地味なものは外にあるまい」（『山廬集』自序）とは虚子の高弟の飯田蛇笏の言。

虚子は俳句というニッチで世俗的に成功した。芸術院会員。文化勲章受章。八十五年の生涯の結果だけを見ると処世の達人であった。俳句を生業に二男五女を育てた。早世した四女を除き、娘たちは男爵家、日銀の行員、実業家など「いい家」に嫁いだ。長男の年尾と次女の星野立子は俳人として大成した。次男の池内友次郎は音楽家として名高い。

俳壇的にもその存在は大きい。通巻千四百号を超えた「ホトトギス」は曽孫が継承。一大勢力を維持している。多くの俳人の師系を遡ると虚子に辿り着く。昭和・平成の革新派の巨頭であった金子兜太の場合、虚子―水原秋桜子―加藤楸邨―兜太と連なる。

虚子は明治七年、佐幕藩である伊予松山の下級士族の家に生まれた。文弱なよい子であった。子規に兄事、漱石に親炙した。文学に志して上京したが、小説ではメジャーになれなかった。『坂の上の雲』には子規を看取る弟子という端役で登場する。その人生に子規のようなドラマはない。身も蓋もなくいえば、地方出身の文学青年がいきがかり上、俳句に進み、いつしかその道の大御所となってしまったのだ。

本書を成功者の回顧として読むと面白くない。そうではなく、回想として語られる若き日の虚子は先が見えていなかったのだ。その時々の状況に流されながら、虚子は多くを切り捨て、何かを貫いた。その足取りは近代俳句の歴史と重なる。

旧派を切り捨てる

俳句は江戸時代から盛んで職業的選者もいた。近世俳諧は質量とも完成した文芸であった。そこに子規は「近代」を持ち込んだ。明治には種々の分野で「近代〇〇」の礎を築いた先駆者や大立者が現れた。絵画の黒田清輝や横山大観、落語の圓朝など。俳句では子規と虚子。虚子は菱田春草と同年生れである。

明治維新で物事が一挙に変わったわけではない。明治三十一年に「都新聞」が行った「俳諧十傑投票」では老鼠堂永機という俳諧の宗匠が三万四千票で一位。上位は旧派が独占。子規は千票で三十七位（今泉恂之介『子規は何を葬ったのか』）。俳句史上「勝てば官軍」の観がある子規派だが、当時は少数派だった。

旧派との対抗上、子規は蕪村の句を頼みとした。「月並句に反対して立つた子規は、芭蕉の句よりも寧ろ蕪村の句の豪放磊落な客観的なものの方が、好ましく思はれた」（本書「俳人蕪村」）と虚子は言う。ただし子規死後の虚子は、俳句は「芭蕉の文学」だと唱え、子規の蕪村偏重を修正している。

碧梧桐を切り捨てる

改革派だった虚子は、碧梧桐に対しては守旧派に回る。虚子が散文に専念し、俳句を中断している間、同郷同門の盟友である碧梧桐が俳壇を席巻していたのだ。

この山吹見し人の行方知らぬ　碧梧桐

大正五年作。詩性の純度を追求した碧梧桐だが「その俳句は後に新傾向と自ら称へるところのものとなりまして、遂には季題並びに十七字といふ形すらも無視するものになつていつた」（「季題十七字破壊の傾向」）と虚子は断ずる。俳壇の主流の座を奪った虚子は、碧梧桐が「自ら好んで俳句界の中心をだん〳〵と遠ざかつて行くに従つて、俳句界の運行は自然私を中心にして行はれる」ようになったと言う（「俳句界の中心」）。

虚子の歴史的意義は、近世に完成した「俳諧」の発句を「俳句」という近代詩歌として再定義し、かつ、その本質を「季」と見定めたところにある（「日本独特の俳句」）。その過程で旧派を切り捨て、碧梧桐という異端を切り捨てた。ただし子規が旧派もろともに連句を排斥したことに対しては異論を唱えている（「子規の連句排斥」）。

見送る人

「私は不思議なまはり合せにあるのでありまして、人の病気の看護といふ事が常に私の勤めとなるやうな傾向がありました」（「介抱の半生」）と虚子は言う。虚子は看取る人、見送る人でもあった。本書でも非風、古白、子規、漱石、碧梧桐等の死に触れている。虚子は俳壇の敵を能動的に切り捨てただけでなく、自分の前から消え去ってゆくものを見送ることも多かった。大正五年発表の「落葉降る下にて」（「柿二つ」と「落葉降る下にて」）では、幼弱な四女を病気で死なせた虚子とおぼしき主人公が次のように語る。

「凡てのもの丶亡びて行く姿を見よう。」私はそんな事を考へてぢつと我慢して其の子供の死を待受けてゐたのである。私は其の後度々墓参をした。凡てのもの丶亡び行く姿、中にも自分の亡び行く姿が鏡に映るやうに此の墓表に映つて見えた。「これから自分を

中心として自分の世界が徐々として亡びて行く其の有様を見て行かう。」（一部略）

虚子の文学の根っこには、このような亡失の感覚がある。本書の筆致に感じられる一種の冷淡さも、その感覚から来るものかもしれない。

切り取り、切り捨てる

俳句は十七音である。十七音に収まらない膨大な情報は切り捨てられる。

遠山に日の当りたる枯野かな　虚子

明治三十三年作。枯野の彼方、遠くの山に日が当たっている。このような景を車窓に見ることもありそうだ。山本健吉は「言葉づかいは何の奇もない平凡な句である。だが、人はこの平凡な風景句に、何か捨てがたいものを感ずる」（『現代俳句』）と評した。「桐一葉日当りながら落ちにけり」（明治三十九年）もそうだが、何かに日の光が当たるさまを詠んだ。ありきたりだが、滋味深い景を切り取っている。「切り取る」とは切り捨てること。俳句は捨てることで成り立つ。

枯野の句は明治三十三年十一月二十五日の虚子宅での句会に投じられた。当時の子規は「もう動けなくなつて、病床に寝たつきり」（本書「子規の来訪三度」）だった。同年九月に「山会」という文章の会を「初めて子規の家で開いた」（「山会」）。「山会」は今も「ホトトギス社」で続いている。同年十二月には長男年尾（命名者は子規）が生まれた。虚子にとって「経済上の苦痛と病弱、それに肉親の死、それから子供がだん〳〵ふえてくるといふやうな事で、精神的にも肉体的にも苦痛の多かつた時代」（「俳句界の中心勢力」）だった。

このような人生的な一切は句の向う側に隠れている。一句からはただ「遠山に日の当りたる枯野」の景だけが懐かしく立ち上がってくる。

「貫く棒の如きもの」

本書の口述の八年後の昭和二十五年、虚子は「去年今年貫く棒の如きもの」と詠んだ。歳月を超えて貫通する「棒の如きもの」を思ったのだ。

旧派を切り捨て、碧梧桐派を切り捨てた。虚子自身は散文から事実上撤退した（散文への未練は本書の「文章の誘惑」に垣間見える）。子規をはじめ多くの知友を喪った。多くを捨て、多くを失った虚子の心には積年の澱のようなものが溜まっていたことだろう。

死の前年の昭和三十三年、八十四歳の虚子は二十六歳のときに詠んだ「遠山に日の当りたる枯野かな」について次のように述べた（『虚子俳話』）。「自分の好きな自分の句である。枯野には日が当つてゐない。唯、遠山に日が当つてをる。わが人生は概ね日の当らぬ枯野の如きものであつてもよい。たゞ遠山の端に日の当つてをる事によつて、心は平らかだ」（一部略）。

失意と諦念の中に希望のように現れる四季の風物を詠み続けること。それが虚子の逢着したものではなかったか。脳出血で倒れる前に遺した最後の句「独り句の推敲をして遅き日を」は辞世ではない。虚子の中で世界は終結していないのだ。子規臨終の「糸瓜咲て痰のつまりし仏かな」とは見事に対照的である。

虚子は自伝を『俳句の五十年』と題した。虚子即俳句と言わんばかりである。傲岸だが、読みようによっては、本書は俳句の「近代化」の物語でもあるという自負の表れのようにも思えるのだ。

二〇一八年六月

編集付記

一、本書は一九四二年十二月に中央公論社から刊行された高濱虚子『俳句の五十年』を文庫化した。
一、底本は一九四七年二月に刊行された改訂版に拠る。新字・現代仮名遣いに改めた。明らかな誤字脱字は訂正した。
一、今日の人権意識または社会通念に照らして、差別的な用語・表現があるが、時代背景と原著作者が故人であることを鑑み、そのままとした。

中公文庫

俳句《はいく》の五十年《ごじゅうねん》

2018年8月25日　初版発行

著　者　高浜《たかはま》虚子《きょし》

発行者　松田陽三

発行所　中央公論新社
〒100-8152　東京都千代田区大手町1-7-1
電話　販売 03-5299-1730　編集 03-5299-1890
URL http://www.chuko.co.jp/

ＤＴＰ　平面惑星
印　刷　三晃印刷
製　本　小泉製本

Published by CHUOKORON-SHINSHA, INC.
Printed in Japan　ISBN978-4-12-206626-7 C1195

定価はカバーに表示してあります。落丁本・乱丁本はお手数ですが小社販売部宛お送り下さい。送料小社負担にてお取り替えいたします。

中公文庫既刊より

や-54-1
キリスト教入門
矢内原忠雄
内村鑑三の唱えた「無教会主義」の信仰に生き、東大総長を務めた著者が、理性の信頼回復を懇願し教養を解き明かした名著を復刻。〈解説〉竹下節子
205623-7

こ-21-1
本郷菊富士ホテル
近藤富枝
夢二、安吾、宇野浩二、広津和郎らの作家・芸術家たちが止宿し、数多くの名作を生み出した高等下宿の全容を描く大正文学側面史。〈解説〉小松伸六
201017-8

こ-21-6
田端文士村
近藤富枝
巨星芥川の光芒のもとに集う犀星、朔太郎、堀辰雄ら多くの俊秀たち。作家・芸術家たちの濃密な交流を活写する澄江堂サロン物語。〈解説〉植田康夫
204302-2

こ-21-7
馬込文学地図
近藤富枝
ダンス、麻雀、断髪に離婚旋風。宇野千代・尾崎士郎をはじめ数多くの作家・芸術家たちの奔放な交流――馬込にくりひろげられた文士たちの青春。〈解説〉梯久美子
205971-9

な-52-4
文豪と酒　酒をめぐる珠玉の作品集
長山靖生編
漱石、鷗外、荷風、安吾、太宰、谷崎ら16人の作家と白秋、中也、朔太郎ら9人の詩人の作品を厳選。酒に託された憧憬や哀愁がときめく魅惑のアンソロジー。
206575-8

う-30-1
「酒」と作家たち
浦西和彦編
『酒』誌に掲載された川端康成ら作家との酒縁を綴った三十八本の名エッセイを収録。酌み交わし、飲み明かした昭和の作家たちの素顔。〈解説〉浦西和彦
205645-9

う-30-2
私の酒　『酒』と作家たちⅡ
浦西和彦編
『酒』誌に寄せられた、作家による酒にまつわるエッセイ四十九本を収録。酒の上での失敗や酒友と過ごした時間、そして別れを綴る。〈解説〉浦西和彦
206316-7

各書目の下段の数字はＩＳＢＮコードです。978－4－12が省略してあります。